조정래 대하소설

태백산맥

청소년판
8

조정래 대하소설

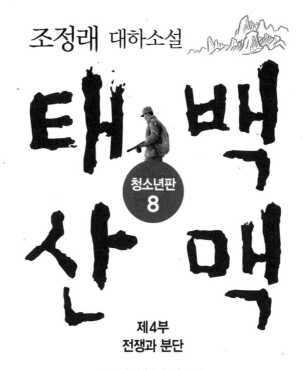

태백
산맥

청소년판
8

제4부
전쟁과 분단

조호상 엮음 | 김재홍 그림

해냄

민족의 숙원, 평화통일의 길

'통일이 안 되고 이대로 살아도 상관없다.' 그 수가 해마다 조금씩 늘어 최근에는 24퍼센트가 되었다. 이건 대학생들을 상대로 한 여론조사의 결과이다. 나는 이런 현상을 보며 무척 당황스럽고 몹시 두려움을 느낀다. 이 땅의 대표적인 젊은 지식층의 네 명 중 한 명이 '굳이 통일할 필요가 없다.'고 생각하고 있으니 이게 어찌 된 일인가.

그 놀라움과 동시에 하나의 생각이 떠오른다. '그럼 청소년들은 어찌 생각하고 있을까!' 그러나 그 의문에 대한 응답은 없다. 왜냐하면 미성년자인 청소년들은 여론조사의 대상이 아니기 때문이다.

그러나 그 결과는 대충 짐작이 된다. 대학생들보다 그 비율이 높으면 높았지 낮지 않을 것이다. 청소년들은 대학생들에 비해 역사인식이 더 낮을 수밖에 없기 때문이다.

대학생들의 그런 반응은 꼭 그들만의 책임일 수는 없다. 국어와 역사 시간을 줄여 영어 시간을 늘리는 우리의 교육 문제부터 잘못되어 있는 탓이다. 역사 교육을 제대로 받지 못하고 있으니 우리 민족의 숙원이고 비원인 통일 문제마저 그렇게 소홀하게 여기게 된 것이다.

우리가 분단되어 서로를 적대시하고 살아가는 것만큼 큰 비극과 어리석음은 없다. 수천 년에 걸쳐서 한 민족으로 살아온 우리가 반으로 갈려 산다는 것은 허리를 반으로 잘려 사는 불구의 삶이나 다름없다. 반신불수의 삶, 그것처럼 큰 불행과 슬픔은 없다.

그 잘린 허리를 잇는 일, 그것이 소설 『태백산맥』을 통해서 하고 싶어 한 일이었다. 우리 한반도의 허리는 태백산맥이고, 그 '허리 잇기' 작업이 소설 『태백산맥』이라서 제목이 그렇게 정해졌다. 그 상징적 의미가 청소년 여러분에게 제대로 전해졌으면 좋겠다.

우리 한반도는 강대국들 사이에 끼어 있는 작은 땅이다. 그래서 우리 민족은 영원히 약소민족일 수밖에 없다. 그것은 우리의 힘으로는 피할 수 없는 일이기 때문에 우리의 운명인 것이고, 숙명이다. 그것처럼 슬프고 속상한 일도 없다. 그런데 우리가 남과 북으로 분단되어 있다는 것은 그 슬픔과 속상함을 더욱더 키우는 일이다. 우리가 약소민족으로서 그나마 좀 제대로 살아보려면 꼭 한 가지 방법밖에 없다. 그건 바로 통일이 되어야 하는 것이다. 통일이 되어야 불구의 삶을 면하는 동시에 우리의 힘이 커질 수 있기 때문이다.

청소년들은 너나없이 공부에 시달리느라고 소설을 읽을 시간이 없다. 그 잘못된 교육 제도를 일시에 뜯어고칠 수 없으니 조금이나마 시간 절약하며 쉽게 읽을 수 있도록 청소년판을 새로 꾸몄다. 아무쪼록 내일의 주인인 청소년들이 이 책을 벗 삼아 민족 통일의 필요성을 빠르게 인식하기를 간절히 바란다.

2016년 10월 22일

차례

제4부 전쟁과 분단

1

백두산 천지, 한라산 백록담

반도 땅에 겨울이 닥쳐오고 있었다. 북쪽에서 불어오는 매서운 바람은 수많은 산과 들녘을 휩쓸며 남쪽으로 줄달음질 쳤다. 백두산 천지에 물이랑을 일으키며 시작된 겨울바람이 굽이굽이 이어진 산맥을 따라 남쪽으로 남쪽으로 불어 가 바다를 성큼 건너 뛴 다음 한라산 백록담에 다다르면 반도는 겨울로 뒤덮였다.

반도 땅에 자리 잡은 많은 산들은 제각기 그 크기와 모습이 다르되 꼭 닮은 것이 두 개 있으니, 백두산과 한라산이었다. 두 산은 똑같이 머리에 물을 담아 이고 반도 땅이 시작되는 첫머리와 반도 땅이 끝나는 끝머리에 우뚝 솟아 하늘을 떠받치고 있었다.

반도 땅은 그 형상이 포효하는 호랑이라고 전해 왔다. 그 전설에 따르면, 백두산을 머리로 하고 한라산을 꼬리로 하여, 백두산에서 뻗어 내린 마천령산맥은 함경산맥과 엇갈리면서 호랑이의 목뼈를 이루고, 그 아래로 뻗은 낭림산맥은 남쪽 끝까지 줄기차게 뻗은 태백산맥과 더불어 등뼈를 이루었으며, 그 두 산맥에서 서쪽으로 뻗은 강남산맥, 적유령산맥, 묘향산맥, 언진산맥, 멸악산맥, 마식령산맥, 광주산맥, 차령산맥, 노령산맥, 소백산맥은 제각기 갈비뼈를 이루었다. 그리고 그 산맥들 사이사이로 흐르는 청천강, 대동강, 예성강, 임진강, 한강, 금강, 섬진강, 낙동강은 수많은 지류와 함께 핏줄을 이루었다. 반도 땅의 그 형상으로 볼 때 일본 놈들의 강압 지배는 호랑이의 몸을 쇠사슬로 칭칭 동여맨 형국이었고, 해방과 함께 그어진 38도선은 호랑이의 허리를 동강내려는 짓이었다. 호랑이가 쇠사슬에 묶였다 하나 언제까지나 묶여 있을 리 없는 일이었다. 호랑이가 마침내 쇠사슬을 끊으려고 포효하기 시작했으니, 그것은 3·1운동을 시작으로 해방되는 그날까지 치열하고 끈질기게 전개된 민중들의 독립 투쟁이었다. 그 꺼질 줄 모르는 저항을 두려워한 일본 놈들은 반도 땅이 포효하는 호랑이 형상이라는 전설을 토끼로 둔갑시키는 조작극을 꾸몄다. 그리고 명산을 찾아다니며 그 맥을 끊겠다고 산줄기에 쇠기둥을 박았고, 민족의 기상을 불러일으키는 전설을 간직한 석상들을 깨부수는가 하면, 그런 바위들을 찾아내 산봉우리에서 골짜기로 굴리는 짓을 자행했다. 일본 놈들의 강압 지배가 일시적일 수밖에 없는 것은 반도 땅의 기상을 일본 놈들로서는 꺾을 도리가 없기 때문인 것이다.

이제 호랑이는 잘린 허리의 아픔을 떨쳐 내려 다시 포효하고 있었다. 허리가 잘린 채 더는 살 수 없는 호랑이의 몸부림에 반도 땅이 요동치고 있었다. 잘린 허리를 잇기 위해, 갈라진 민족이 하나 되기 위해 골짜기마다 피를 뿌리고 있었다. 찬바람에 휘말리는 비명은 처절하고, 흰 눈 위에 뿌려지는 피는 처연하게 붉었다.

11월이 저물고 있었다. 이른 추위가 닥친 가운데 전쟁은 한층 치열해지고 있었다. 싸움터는 두 쪽으로 나뉘어 있었다. 북쪽은 추풍령을 분기점으로 양쪽 정규군이 맞서 있었고, 남쪽은 빨치산과 경찰이 맞서 있었다.

전남도당은 10월이 끝날 즈음 조직 정비를 거의 마쳤다. 북상 후퇴가 막히면서 각 지역의 구빨치들은 신속하게 행동했다. 그들은 재빨리 지난날의 투쟁지를 찾아들어 거점을 확보하고 입산하는 사람들을 규합했다. 그들은 위기를 맞아 빨치산 조직을 구축하는 데 그 능력을 유감없이 발휘했다. 그들이 입산자들을 규합한 것은 도당의 지시를 받아서가 아니고 자율적 판단으로 한 일이었다. 당 생활을 통해 그들은 그만한 결단력과 책임감, 기민성을 갖추고 있었다. 그들의 활약으로 각 군당과 시당은 다시 제 모습을 찾았고, 도당과도 선이 이어지게 되었다. 도당은 여섯 개의 지구를 편성했다. 동부에 백운산 지구, 서부에 불갑 지구, 남부에 유치 지구, 북부에 노령 지구, 중부에 조계산 지구, 북동부에 백아산 지구가 그것이었다. 그 지구 아래 각 군당들이 서로 협조할 수 있도록 조직되었고, 군당 아래 읍·면당이 있었으며, 읍·면당들은 비밀리에 투쟁 인민을 확보하게 되어 있었다. 여섯 개의 지구를 총괄하는 조직으로 총사령부가 무장 부대를 독립시키고 있었고, 그 위에 도당이 있었다.

그런 유격 투쟁 조직이 완료될 때까지 염상진은 백아산 쪽 무등골에 임시로 자리 잡은 도당에 머물면서 전체적인 조직 계획을 수립하는 데 참여했다. 그런데 조직 사업을 완료하고 사령부로 돌아와서도 그때 어쩔 수 없이 죽어야 했던 그 젊은 군관의 모습이 잊혀지지 않았다. 도당 책임자인 위원장의 냉철성과, 당의 군대인 지휘 군관의 투철성을 극적으로 보여 준 그 사건은 도당 간부들의 가슴을 치는 충격이었고, 당성이 무엇인지 보여 주는 말 없는 웅변이었다.

그들 인민군 부대가 무등산 북쪽 산골짜기에 집결한 것은 10월 중순쯤이었다. 낙동강 전선에서 밀린 그들은 전투를 계속하며 섬진강을 건넜고, 북으로 후퇴하다가 그곳까지 온 것이었다. 600명의 병력이 집결해 있다는 보고를 받은 도당에서는 긴급회의를 개

최했다.

"이미 퇴로가 차단되었는데, 북으로 후퇴하다가 병력을 잃는 건 무모하고 어리석은 일이오. 앞으로는 전선이 따로 있을 수 없고, 해방 투쟁은 도처에서 전개되어야 하오. 가서, 북상을 중지하고 우리 도당과 힘을 합쳐 싸우자고 제의하시오. 지금 우리 도당의 무장 상태가 빈약한데 600명의 인민군과 합세하면 그야말로 당당한 유격 투쟁력을 확보할 수 있게 되는 것이오."

박영발 위원장의 결정이었다.

부위원장은 위원장의 의견서를 가지고 떠났다. 그러나 부위원장이 가져온 소식은 밝지 못했다.

"그 지휘관이 상부의 명령을 따라야 한다면서 도당의 결정을 거부했습니다. 여러 말로 설득했습니다만 저로서는 역부족이었습니다."

부위원장의 보고였다.

"그 군관의 계급이 뭐였소?"

위원장의 나직하나 무거운 말이었다.

"소성 넷, 총위였습니다."

"총위……. 그 말도 맞긴 하오만……."

흘리듯 말하는 위원장의 얼굴에 우울한 빛이 짙게 드러났다. 위원장 박영발은 일정 때부터 투쟁해 오면서 고문으로 다리를 상해 걷기가 다소 불편했다. 염상진은 위원장이 입고 있는 소장 계급장이 붙은 인민군복에 눈길이 갔다. 전시에도 당이 군보다 우위에 있어야 하기 때문에 전쟁과 함께 도당 위원장은 사단장과 같이 소장 계급장을 달게 되었다. 그래야만 군대 조직을 통제할 수 있기 때문이었다.

"여길 언제 떠날 것 같소?"

위원장이 무겁게 입을 열었다.

"예, 서두르고 있었습니다."

부위원장의 대답이었다.

"내가 직접 만나러 가겠소."

쇳소리가 나는 듯한 위원장의 말이었다. 염상진은 그 결정에 전적으로 동의했다. 부위원장이 해결하지 못한 중대한 문제에 위원장이 직접 나서는 것은 최선의 방법이었다.

위원장은 지체 없이 길을 나섰다. 염상진은 다섯 명의 수행원에 끼여 위원장을 뒤따랐다.

"지휘관 동무의 뜻은 들었소. 그런데 동무의 생각에 오류가 있어서 내가 다시 오게 됐소."

위원장은 상대방을 깊이 살피는 듯한 눈길로 총위를 바라보며 말을 꺼냈다.

"오류라면……. 구체적으로 지적해 주시기 바랍니다."

지적인 분위기가 감도는 얼굴에 군인다운 견고함까지 갖춘 총위의 또렷한 말이었다. 서른쯤 되었을까, 빈틈없이 생긴 얼굴이고, 군인다운 태도라고 염상진은 생각했다.

　"군관 동무가 총사령부의 명령에 복종해야겠다는 것은 군인으로서 일단 옳소. 그러나…… 퇴로가 완전 차단된 현재의 상황에서 춘천까지 북상한다는 것은 도저히 불가능한 일이오. 그 불가능한 일을 추진하다가 병력을 잃는 것은 해당 행위요."

　"위원장 동지의 말씀 잘 알겠습니다. 그러나 저는 인민군 총사령부로부터 받은 명령을 끝까지 수행해야 할 책임이 있을 뿐만 아니라, 퇴로의 차단도 제가 직접 확인하지 못한 상태이며, 퇴로가 차단되었다 하더라도 그것을 뚫고 나가는 것이 군인의 임무라고 생각하고 있습니다."

　총위의 말은 위원장 못지않게 논리적이고 차분했다.

　"군인으로서 옳은 말이오. 그러나 퇴로가 차단된 것은 직접 확인하지 않아도 우리 도당이 북상을 포기한 것으로 충분히 알 수 있소. 그리고 군인의 임무 수행은 현명한 전략 전술에 따르도록 되어 있소. 현재 상황에서 최선의 전략 전술은 도당과 힘을 합쳐 해방전쟁을 수행하는 것이오. 후퇴가 계속되고 있는 지금은 적을 교란시키는 전술밖에 없소."

　"현명하신 말씀입니다. 그러나 그러한 전략 수정이나 전술 변경을 총사령부로부터 명령을 받기 전에는 저는 어찌할 수가 없습니다."

총위의 얼굴은 점점 더 견고해져 갔고, 위원장의 얼굴에도 아무 변화가 없었다. 염상진은 긴장감으로 마른침을 삼켰다. 상부의 명령에 충실하고, 명령 계통을 철저히 지키려는 총위의 태도는 물론 군인다웠지만, 상황을 무시하는 데는 답답함이 없지 않았다.

"도당에서 아무리 무전을 보내도 당중앙과 연결이 안 되는데, 군관 동무는 총사와 연락이 되고 있소?"

"아닙니다."

"알겠소. 또 한 가지 묻겠는데, 인민군은 어디에 소속된 군대요?"

"당의 군대로서 당을 보위하고 인민혁명에 복무합니다."

두 사람은 기초 문답을 하는 식이었다. 염상진은 위원장의 그 능란한 이론 공격을 주의 깊게 지켜보고 있었다.

"분명 그렇소. 그럼, 위원장인 내가 왜 군복을 입고 있는지 아시오?"

"그건 전시편제에 따른 조처입니다."

"편제상의 문제만이 아니라 군에 대해 당 우위를 지키기 위해서요. 그리고 도당이 당중앙과 연락이 두절되었을 때 도당의 결정은 곧 당중앙의 결정이라는 사실을 알고 있소?"

"예."

"그럼 내 얘기는 다 끝났소."

위원장이 총위에게서 눈길을 거두었다.

"그러나 위원장님! 주전선은 따로 있고 여긴 어디까지나 적 후방일 뿐입니다. 지금 모든 인민군대는 어떤 난관을 뚫고라도 주전선으로 집결해서 적을 무찔러야 합니다. 저는 주전선으로 가야 합니다."

총위가 벌떡 몸을 일으켰다.

땅!

총성과 함께 총위가 푹 고꾸라졌다. 그 돌발 상황에 혼겁한 염상진의 시야에 권총을 들고 선 조직 부장의 차가운 얼굴이 밀려들었다. 위원장은 미동도 없이 앉아 있었다. 염상진은 그때서야 그것이 돌발 사고가 아님을 깨달았다.

대청마루에는 금방 피가 홍건하게 괴었다. 왼쪽 가슴을 맞은 총위는 바르게 뉘어졌다.

"위원장님……, 이것밖에는 달리 해결 방법이 없습니다."

총위는 고통으로 일그러진 얼굴에 엷은 웃음을 띠며 이렇게 말하고는 스르르 눈을 감았다.

"남향받이에 고이 모시도록 하시오."

진한 우울이 덮인 얼굴로 돌아서며 위원장이 한 말이었다.

　결국 총위는 자기가 죽는 것으로 인민군 총사령부의 명령을 어기지 않았고, 당의 군대로서 당의 요구를 충족시켰음을 알고 죽어 간 것이었다. 그가 웃음과 함께 남긴 마지막 말이 그 사실을 보여 주었다. 염상진에게는 위원장의 결정도, 젊은 군관의 해결책도 충격이었다. 나도 당 앞에서 그런 투철성으로 웃으며 죽어 갈 수 있을까? 그는 이런 물음을 떠올리며, 자신에게 맡겨진 도당 총사령부 부사령관이란 새 임무에 어깨가 무거웠다.

조직 편성에 따라 안창민은 조계산 지구 정치위원이 되었고, 이해룡은 유치 지구 연대장직을 맡았으며, 하대치는 조계산 지구 기동대장이 되었고, 오판돌은 군당 위원장의 책무를 맡았다.

각 지구들은 관할 지역 안에 해방구를 확보했다. 한 지구의 관할 지역 안에는 대개 대여섯 개씩의 동리가 있었다. 경찰이 안전지대인 군과 읍에 몰려 있기 때문에 어렵지 않게 해방구를 확보할 수 있었다. 각 지구는 부서별로 능력자들을 가려 세부 조직을 짜 나갔다.

각 지구는 참모부·후방부·연락부·문화부 등의 조직을 두었고, 참모부는 병기과·정보과·기동대, 후방부는 보급과·의무과, 연락부는 통신과, 문화부는 출판과·선전선동과로 세분되었다. 도당이 집계한 2만을 넘는 입산자들은 각 지구별로 분산되어 그런 조직화에 발맞추어 빨치산 대원으로 탈바꿈해 나갔다. 2만을 넘는 입산자는 결코 놀랄 만한 수가 아니었다. 모든 면당이 평균 열 명 이상씩 확보하고 있는 은폐된 투쟁 인민까지 합하면 그 수는 어마어마했다.

전북도당이나 경남도당의 입산자도 각기 2만여 명을 헤아리는 모양이었다. 3개 도당 6만여 명의 입산자들을 생각하며 염상진은 가슴 뻐근했다. 반면 근심도 있었다. 무엇보다 그들을 모두 실질적인 병력으로 바꿀 수 없다는 점이었다. 기본 무장인 소총마저

태부족이었다. 6만에서 2할을 여자로 잡더라도 5만 가까운 인력을 확보해 놓고도 무기가 없어 전체를 병력화할 수 없다는 점이 안타까웠다. 그러나 '빨치산은 먹이도 무기도 적으로부터 구하고, 적의 무기로 적을 무찌른다.'는 빨치산의 기본 투쟁 방법을 다시금 가슴 한복판에 말뚝으로 박았다. 4할밖에 안 되는 무장을 5할, 6할로 높이기 위해 투쟁을 치열하게 전개할 필요가 있었다.

압록강 변의 도시 만포는 날마다 불어나는 사람들로 불안이 커져 갔다. 초산 쪽 길은 이미 막혔고, 강계 쪽에서 사람들이 꾸역꾸역 밀려들었다. 거리마다 넘쳐나는 피난민은 저마다 짐을 이고 진 채 불안한 눈길로 서성거렸다. 멀리 초산과 위안 쪽 하늘로는 제트기와 폭격기가 쉴 새 없이 날았고, 먼 메아리처럼 울려오는 포성이 사람들의 불안을 키웠다. 비행기들은 느닷없이 만포 하늘로도 날아들어 기총소사를 퍼붓기도 했다. 그러나 미국 비행기의 무차별 폭격을 피해 국경의 끝까지 온 사람들의 기민함은 이미 비행기를 앞질렀다. 공습 신호가 울렸다 하면 그 많은 사람들은 순식간에 자취를 감추었다. 그러면 비행기는 사람의 자취가 없는 거리에 심심풀이로 한바탕 기총소사를 하고는 사라졌다. 이학송은 김미선과 함께 장 구경을 다니다가 네댓 차례나 공습을 피했다. 이학송은 공습에서 풀려날 때마다 한마디씩

했다.

"저놈들은 분명히 국경을 넘었소. 아까 남쪽에서 날아와 여기로 쑤셔 박혔으니까 다시 북쪽으로 떠오를 때는 이미 압록강 너머 만주 하늘이란 말이오. 저건 엄연한 침략 행위요."라고 말하는가 하면 "빌어먹을 놈들, 이 땅을 얼마나 더 불바다로 만들어야 직성이 풀릴래나."라고 혼잣말을 흘리기도 했다.

11월 10일 새벽 3시, 《해방일보》 일행은 만주로 가는 기차에 올랐다. 그동안 다시 만난 인원은 모두 스물둘로 서울을 떠날 때의 절반이었다. 철교 위를 구르는 기차 바퀴 소리가 유난히 크게 울리고, 겨울 새벽별은 사무치게 반짝거리고 있었다. 조국을 떠나 이국으로 가는 것이었다. 눈을 감고 있던 이학송은 느낌이 이상해서 옆을 돌아보았다. 김미선이 얼굴을 묻은 채 울고 있었다. 어찌할까 생각하다가 그는 천천히 고개를 되돌렸다. 당원이기보다 어머니로서 우는 울음을 간섭하고 싶지 않았다. 이원조는 눈을 꼭 감은 채 반듯하게 앉아 있었다.

날이 밝으면서 드러나기 시작한 만주 벌판은 음산한 회색빛이었다. 산 하나 보이지 않는 벌판을 하루 내내 달려 통화에 도착한 것은 오후 5시였다. 일행은 저녁 요기를 하고, 밤이 깊어 기차에 다시 올랐다. 그들이 찾아가는 곳은 제7군단 본부가 있는 반석이었다. 기차는 또 끝이 안 보이는 광막한 벌판을 달렸다. 그

끝 간 데 없는 벌판은 그들을 가위눌리게 했고, 이상스러운 압박
감을 느끼게 했다.

"저 멍청이 같은 벌판을 보고 있으면 숨이 막히려고 해요. 전
이런 땅에선 못 살겠어요."

김미선이 손으로 눈을 가렸다.

"처음 보는 거라 그렇겠죠. 그런데 저 넓은 땅이 아직 미개간지
로 버려져 있다는 사실을 생각해 보십시오. 우리나라 사람들이
산골짜기를 타고 올라가며 손바닥만 한 다랑이 논을 일구며 사
는 것을 생각하면 얼마나 기막힌 일입니까. 우리에게 저런 벌판
이 있다면 얼마나 좋겠어요."

이학송이 꽁초에 불을 붙였다.

"옛날엔 여기가 다 우리 땅이었잖아요."

"옛날에 그랬었지요, 그 까마득한 옛날에."

이학송은 자조적인 웃음을 입에 물었다.

"그렇게 까마득하지도 않아요. 고조선이라면 몰라도 고구려 때
까지도 우리 땅이었는걸요. 신라가 통일을 한답시고 다 빼앗겨서
그렇지."

이학송은 새삼스러운 눈으로 김미선을 보았다.

"맞습니다. 당나라를 끌어들여 영토를 반 이하로 줄여 버린
신라의 삼국 통일이라는 것은 마땅히 역사의 검토를 거쳐야 합

니다."

"그래요, 이제 와서 중국이 돌려줄 리도 없고……."

이야기는 여기서 중단되었다.

저녁 무렵 기차가 반석역에 도착했다.

"우리 목적지는 여기 군단 본부가 아니라 인민군 75사단이오. 해방촌까지 40리를 걸어야 합니다."

군단 본부를 다녀온 이원조의 말이었다.

그들은 어두운 길을 걷기 시작했다. 예리하게 날을 세운 얼음 조각을 품고 있는 바람을 맞으며 걷자니 곧 몸이 얼어붙었다. 거의가 남쪽 출신인 그들에게는 상상조차 할 수 없는 혹독한 추위였다.

"기운 내세요. 계속 걷는 수밖에 없습니다."

이학송은 김미선의 팔짱을 끼고 걸으며 같은 말을 되씹었다. 아, 말로만 듣던 만주 추위가 바로 이런 것인가. 11월 중순 추위가 이 지경인데 1, 2월 추위는 어떨 것인가. 그는 이를 악물고 걸으며, 이 땅에서 독립을 찾겠다고 싸우다 죽어 간 사람들을 생각했다. 나는 여기 왜 왔는가. 그래, 역사의 바른편에 서고자 여기까지 온 것 아니냐. 역사는 당장 손에 잡히지 않는다. 역사는 지금 당장 한 벌의 솜옷을 당할 수 없다. 그러나 역사는 시련 속에서 살아 숨 쉰다. 이학송은 손등에 매운 눈물을 찍어 냈다.

모두 얼음덩이가 되어 해방촌에 당도한 것은 자정을 한 시간 앞둔 시각이었다.

인민군 75사단은 제7군단에 소속되어 있었고, 7군단은 6군단·8군단과 함께 이곳 동북 만주에서 부대를 정비하는 한편 신병 훈련을 실시하고 있었다.

사단 본부의 이동에 따라 이틀 만에 호란진으로 옮겨 갔다. 그곳에서 중국의 혁명 현장을 확인할 수 있었다. 옛날 지주들의 턱없이 크고 호화로운 저택들은 대부분 동사무소나 공동 회합 장소로 쓰이고 있었다. 그곳 사람들은 그런 집을 마음 놓고 드나들 수 있다는 사실에서 혁명을 실감하고 있었다. 거기에는 일제 때부터 살아온 동포들도 꽤 많았다. 이학송이나 다른 기자들도 그들을 만나 이야기하는 것을 더없는 기쁨으로 여겼다. 그들의 또렷한 조선말, 변하지 않은 풍습이 고향을 느끼게 했다.

"혁명은 잘한 거지요. 어디 부자나 지주만 사람인가요?" 그들은 혁명을 사람값을 받는 것으로 받아들였고 "조선도 혁명을 하자면 힘을 합쳐야지요."라며 후퇴한 인민군들 때문에 안게 된 생활의 부담을 그렇게 소화시키고 있었다.

사단 본부는 다시 명성이라는 곳으로 이동했다. 명성으로 가는 100여 리의 길은 구릉 하나 없는 황야였다. 그 광막한 벌판 곳곳에서 인민군 신병들이 훈련을 받고 있었다. 추위를 무릅쓰면서 뛰고 뒹구는 젊은이들을 바라보며 그들 일행은 숙연한 마음으로 그곳을 지나치고는 했다. 그들은 머잖아 자신들이 쫓겨 온 그 전쟁터로 뛰어들게 될 처지였다.

명성에서 며칠을 보내고 있는데 군단 본부에서 연락원이 왔다.

"우리 군단에서는 당분간 신문을 발행하지 않는답니다. 그러니까 여러분은 통화의 최고사령부로 가서서 총정치국의 지시를 받으시기 바랍니다."

사단장의 정중한 인사였다.

"이거 참 죄송합니다. 이 비상시에 하는 일 없이 식량만 축내고 떠나게 됐습니다."

이원조의 말이었다.

"원 별말씀 다 하십니다. 계획 변경은 당의 지시 아닙니까?"

사단장의 화통한 대꾸였다.

그래서 그들 일행은 반석으로 되돌아가는 길을 잡았다. 길을 나서서 한 시간 남짓 걸었는데 눈발이 날리기 시작했다. 그저 눈이 오나 보다 하고 발을 옮기는 사이에 눈은 소낙비 같은 기세로 퍼붓기 시작했다. 삽시간에 벌판이 눈보라로 가득 찼고, 뿌옇게 시야가 막히고 말았다.

"다들 간격을 좁히시오."

이원조의 이 말이 일행을 긴장시켰다.

눈은 갈수록 심하게 퍼부었고, 어둠과 별다를 것 없는 무수한 눈발은 눈앞에 엇갈려 정신을 홀렸다. 길을 제대로 가고 있는지 어쩐지 알 수 없었다. 그들은 허덕이며 걷다가 걸음을 멈추었고, 보이는 것 아무것도 없는 사방을 두리번거리다가 다시 불안한 걸음을 떼어 놓고는 했다. 걸음은 차츰 느려지고, 천지는 눈구덩이였다. 만주 벌판의 눈은 그들에겐 공포였다.

"들어봐요! 저기, 무슨 소리가 들리죠. 마차 소립니다. 마차!"

대열의 뒤쪽에서 누군가 외쳤다. 모두는 우뚝 걸음을 멈추고 귀를 세웠다. 바람 속에서 수레바퀴 구르는 소리가 끊겼다 이어졌다 하고 있었다. 환청인 듯 그 소리는 멀고 약했다. 그 마차가 이쪽으로 오고 있는지, 다른 길로 지나가는지도 알 수 없었다. 그들은 다시 눈 속을 터덕거리기 시작했다. 마차가 이쪽으로 오기를 빌면서.

그런데 마차 소리가 조금씩 가까워졌다. 사람들의 얼굴에 안도의 빛이 드러났다. 눈을 밟는 말발굽 소리와 바퀴 구르는 소리가 아주 가깝게 들리는데도 마차는 보이지 않았다. 마차는 그들을 스쳐 지날 정도가 되어서야 모습을 드러냈다. 사람들은 두 마리의 말이 끄는 마차에 매달렸다. 서투른 중국 말이 다급하게 튀어나갔다. 마차가 멈추었다. 다행히도 그 마차는 반석까지 가는 길이었다. 그들은 서로를 마주 보며 깊은 숨을 내쉬었다. 그리고 그

때까지 애써 걸어온 길이 반석까지는 반도 이르지 못했다는 것을 알았다. 그들은 마차를 놓칠세라 숨 가쁘게 눈을 헤쳐 나갔다. 마차는 그들에게 등불이었다.

군단사령부를 거쳐 그들은 매화구역까지 가는 열차에 몸을 실었다. 기차에 자리를 잡고 앉자 지나온 눈길이 모두에게 꿈만 같았다.

"전 꼭 눈에 파묻혀 죽는 줄 알았어요. 제 눈엔 눈이 검게 보였어요. 아무리 눈을 부비고 봐도 검은 것들이 쏟아지면서 앞이 막히는 거예요. 마차가 나타나지 않았더라면…… 미쳤을지도 몰라요."

김미선이 두 손바닥으로 양쪽 볼을 감싼 채 말했다.

"저한테 말하지 그랬어요. 그건 공포감 때문에 일어나는 착각인데, 혼자서 참으면 점점 심해질 뿐입니다."

이학송은 김미선한테서 슬그머니 눈길을 돌렸다. 볼을 감싸고 있는 그녀의 손등은 예리한 칼로 갈가리 찢어 놓은 것처럼 터 있었고, 그 튼 자리마다 실피를 물고 있었다. 혁명의 외로운 열정이여, 핏빛의 고통을 먹고 크는 혁명이여! 이학송이 신음처럼 씹은 생각이었다.

"전 그때 두 아이 생각뿐이었어요. 두 아이가 자꾸 헛것처럼 보이는 게, 생각하지 않으려고 해도 아무 소용이 없었어요. 전 역시 덜된 당원인 게 틀림없지요?"

김미선이 어색하게 웃었다.

"전 그렇게 생각하지 않습니다. 당성과 모성은 서로 비교할 문제가 아닙니다. 굳이 따지자면 당성은 이성적 감정이고, 모성은 본능적 감정이 아니겠습니까. 김 동무에게 아까 두 자식이 떠오른 것은 당성이 약해서가 아니라 두 자식이 김 동무의 의지를 지켜 준 기둥 역할을 했을 겁니다."

이학송의 얼굴은 마르고 거칠어져 있었지만 나직한 목소리는 변함없이 울림이 좋았다.

"이 동무는 언제나 저를 구해 주시는군요."

김미선은 이학송과 눈길이 마주치자 살며시 아래로 눈길을 내렸다.

이틀이 걸려 통화에 도착한 그들은 총정치국 문화부에 소속되었다. 그들에게 맡겨진 일은 신문 발행이 아니라 라디오를 청취해서 통신을 만드는 일이었다. 오랜만에 일거리를 찾아 안정을 얻게 된 그들은 모두 열심히 일에 매달렸다.

며칠이 지나 일행 중 열 명이 《인민군신문》으로 파견 근무를 떠나게 되었다. 여섯 사람은 공장 기술자였고, 기자는 네 명이었다. 이원조는 기자를 세 명까지 뽑고는 잠시 망설이더니 김미선을 지목했다.

"절 안 뽑으면 대들 작정이었어요."

차를 타고 가며 김미선이 속삭이듯이 말했다.

"여기까지 와서 출당당할 뻔했군요."

이학송의 멋쩍은 대꾸였다.

그 부대의 대접은 융숭했다. 그들 네 기자는 취재에 나서기 전에 군사 지식에 대한 교양을 먼저 받았다. 그들이 만들어야 할 《인민군신문》은 군관학교의 교재이기도 하기 때문이었다.

본격적인 취재 활동이 시작되었다. 네 기자는 대대를 순회하면서 취재했다. 중요한 기사거리는 대개 정치부 대대장이 제공했고, 후보생들과의 대화도 자유로웠다. 취재를 하다 보니 정찰대에 의외로 남쪽 사람이 많았고, 강사도 노동당 간부들이 많았다.

이학송은 그 대대에서 뜻밖의 사람을 만났다.

"혹시 전라도가 고향 아니신가요? 말씨가 그런 것 같은데요."

한 젊은이가 조심스럽게 물어 왔다. 그의 말씨에도 전라도 냄새가 풍겼다.

"그렇소. 나 강진이오. 동무는 어디요?"

이학송은 반갑게 말했다.

"전 벌굡니다, 보성 옆에 있는……."

"아니, 벌교!"

이학송의 목소리가 느닷없이 커졌다.

"벌교를 아시는군요."

젊은이의 얼굴이 금방 밝아졌다.

"알고말고요. 혹시 김범우라는 사람 아시오?"

"김범우 선생님을 어떻게 아십니까? 그분은 제가 존경하는 선생님이었습니다."

젊은이는 말을 더듬었다.

"아니 이럴 수가! 반갑소, 나 이학송이라고 하오."

이학송이 젊은이의 손을 덥석 잡았다.

"저는 정하섭이라고 합니다."

2

아시아인은 인간 이하의 존재다

"이거 보시오, 소령님. 순순히 조사에 응하시오."

"상사! 내 말 안 들리나. 빨리 대장을 불러오라니까!"

소령의 목소리는 크지 않았지만 완강했다.

"어허, 계급을 부를라면 똑똑히 부르시오. 난 그냥 상사가 아니라 특무상사요!"

특무상사가 눈을 치뜨며 상사 계급장에 별까지 올라앉은 자신의 계급장을 손바닥으로 퍽퍽 쳤다.

"좋아, 특무상사. 난 헌병대에 끌려와 조사를 받을 만큼 잘못한일이 없고, 설령 잘못했다 해도 소령이 사병한테 조사를 받을 수없다 그 말이야."

"뭐야, 사병!"

특무상사가 소리치며 몸을 벌떡 일으켰다.

"이게 사람대접해 주니까 아주 우습게 나오네. 야! 군대에서 직책이 계급에 우선한다는 원칙을 알아, 몰라!"

특무상사가 험악하게 내뱉으며 소령의 어깨에 붙은 계급장을 낚아채는 것과 동시에 소령이 특무상사의 멱살을 틀어잡으며 벌떡 일어났다.

"무식한 자식아, 알려면 똑똑하게 알아! 직책이 계급에 우선한다는 원칙은 네까짓 사병 놈과 장교가 구별 없이 막 통한다는 뜻이 아냐!"

마침내 소령이 고함을 질렀다.

"이 개새끼! 팍 쏴 죽이기 전에 못 놔!"

어느새 권총을 빼든 특무상사가 소령을 겨누었다.

"좋다, 쏴라! 네놈한테 더러운 꼴 당하느니 차라리 죽는 게 낫겠다. 나 죽이고 네놈도 사형을 당해 하나씩 없어져야 이 나라 군대가 제대로 된다. 쏴라! 어서 쏴!"

소령은 기가 꺾이기는커녕 오히려 특무상사의 멱살을 마구 흔들며 소리쳤다.

그때 문이 벌컥 열리며 사병 셋이 뛰어들었다.

"이 새낄 묶어라!"

특무상사가 소리쳤고, 사병 셋은 잠시 어리둥절한 얼굴들이었다. 소령은 민첩하게 벽을 등지고 섰다. 사병들 쪽으로 얼굴을 돌린 그는 심재모였다.

"자네들 똑똑히 들어. 여기가 헌병대지만 군법을 어긴 확실한 범죄 사실이 없는 장교를 사병이 취조할 수 없다. 그런데 저 상사는 나한테 그 짓을 했다. 그리고 또다시 위법 명령을 자네들한테 내리고 있다. 자네들이 그 명령을 따르면 모두 군법에 회부될 것이다."

방어 태세를 취한 심재모가 싸늘하게 말했다. 사병들이 달려들면 걸상으로 후려칠 작정이었다.

"뭣들 해! 빨랑 묶으라니까!"

특무상사의 고함에 사병들은 어쩔 줄 몰라 눈알만 이리저리 굴렸다.

"이 새끼들아, 뭘 우물쭈물하고 자빠졌어. 저 새낀 빨갱이야, 빨갱이. 빨리 묶어!"

특무상사의 고함과 함께 총소리가 진동했다. 특무상사가 공포를 쏜 것이었다. 질겁을 한 사병들이 심재모에게 몰려들었다. 심재모는 나무 걸상을 재빨리 집어 휘둘렀다. 사병들이 주춤 멈춰섰다.

"이 새끼들아, 밀어붙여! 저건 빨갱이야."

특무상사가 사병들에게 권총을 겨누며 소리쳤다. 사병들이 굳은 얼굴로 다시 몰려들었다. 심재모는 몸의 중심을 잡으며 앞서서 뛰어드는 사병을 후려쳤다. 옆구리를 얻어맞은 사병이 비명을 물며 쓰러졌다. 두 번째 사병을 떠밀었고, 세 번째 사병을 발길로 걷어챘다.

"요런 병신 같은 새끼들, 빨리빨리 일어나!"

특무상사가 소리쳤고, 사병들이 다시 몰려들려 할 때, 헌병 대위가 나타났다.

"이거 뭣들 하는 짓이야."

헌병 대위가 신경질적으로 소리쳤다.

"저자가 난동을 부리고 있습니다."

특무상사가 빠르게 말했고, 심재모는 픽 웃으며 빈 손바닥을 털었다.

"난동을 부려?"

헌병 대위가 눈을 치뜨며 심재모를 꼬나보았다.

"마침 잘 오셨소. 난 사병한테 조사를 받을 수 없으니 장교를 불러 달라고 했소. 그랬더니 저자가 폭력을 행사해 막아 내던 참이었소. 군법에 따라 저자를 수사기관에 정식으로 고발하겠소."

심재모는 헌병 대위를 똑바로 보며 여유 있게 말했다.

"사실인가!"

헌병 대위가 특무상사를 노려보았다.

"그게 아니라……."

"닥쳐! 얼간이 같으니라고……."

헌병 대위는 혀를 차고는 "내 방으로 갑시다."라며 앞서 나갔다. 심재모는 그를 따라가면서도 자신이 이런 꼴을 당하는 까닭을 알 수 없었다.

"앉으십시오. 어디 다친 데는 없습니까?"

대위가 자리를 권했다.

"덤비는 거야 막아 냈는데, 상사의 횡포가 말이 아니더군요. 장교한테 욕을 내뱉지 않나, 계급장을 낚아채질 않나, 권총을 들이대지 않나, 군복을 입을 자격조차 없는 잡니다."

심재모가 단호하게 말했다.

"특무상사라는 놈들의 곤조통이 원래 그렇지 않습니까? 시키지 않은 일을 제멋대로 저질렀지만, 내 부하니까 대신 사과하겠습니다. 다 잊어버리십시오."

대위는 입맛을 다시며 담배를 권했다.

"……그런데 헌병대에선 왜 나를 보자고 한 겁니까?"

심재모가 언짢은 얼굴로 물었다.

"예, 회의 석상에서 인민군이 국군보다 낫다는 내용의 발언을 했지요?"

"뭐라고요!"

심재모는 머리가 쿵 울렸다. 그리고 또 모략의 그물에 걸렸다는 것을 알아챘다.

"그럼, 아닌가요?"

대위가 심재모를 빤히 보고 있었다.

"그건 모략이오."

"어떻게 모략인가요? 일단 고발이 들어온 이상 내가 납득할 수 있어야 하오."

심재모는 깊은 한숨을 내쉬었다. 고발자는 그날 회의에 참석했던 다섯 명의 장교 중 하나임이 분명했다. 아니……. 그들 모두가 고발자인지 모른다! 그 생각에 심재모는 신음을 씹었다.

북상 전진에 따라 훈련소가 여러 곳에 생기게 되었다. 심재모는 부산을 떠나 대구 쪽으로 이동하면서 소령으로 진급했다. 그 빠른 진급은 군인을 길러 내는 훈련소가 그만큼 중요하다는 뜻이었다. 진급이 나쁠 것은 없지만 최전방에서 죽어 가는 장교들을 생각하면 마음이 편치만은 않았다. 훈련소에서 근무하는 군인들은 최고의 안전을 보장받는 혜택을 누리는 셈이었다. 그런 탓에 사병이든 장교든 줄을 타고 훈련소로 파고들려는 뒷공작이 치열했다. 그래서 인사참모는 물론이고 그 아랫사람들까지 줄줄이 돈방석에 앉았다는 소문까지 났다. 심재모는 그저 빈틈없는 근무로 거기서 견뎌 내는 처지였다. 구타 사망 사고를 일으킨 유 소위도 줄을 타고 훈련소로 파고든 인물이었다.

유 소위는 훈련병을 야전 도끼 자루로 구타하다가 죽이고 말았다. 그런데 참모부에서는 그 사고를 어물어물 덮으려는 눈치였다. 심재모는 묵인할 수 없었다. 평소부터 군대 안에서 자행되는 구타를 심각하게 생각해 오던 데다, 참모들의 어물거림이 유 소위의 백 때문임을 알게 되자 태도는 더욱 분명해졌다. 그의 아버지가 국회의원이라는 것이었다. 심재모는 참모 회의에서 정식으로 그 문제를 거론했다.

"그 사고는 공개적으로 처리해야 합니다. 모든 훈련병이 그 사고를 알고 있는데, 흐지부지 넘어가면 그들이 가질 군대에 대한 불신과 사기 저하를 누가 책임질 것입니까. 장교가 전투 시에 사병에게 사지로 뛰어들라고 명령할 권한은 있지만, 기합을 빙자해서 때려죽일 권한은 없습니다. 또한 이번 사건을 공정하게 처리함으로써 우리 군에서 상습적으로 벌어지고 있는 구타와 폭행을 뿌리 뽑는 계기로 삼아야 합니다. 장교와 사병 사이에서, 사병과 사병 사이에서도 치명상을 입히는 각종 폭행이 벌어지는 것은 심각한 문제입니다. 그런 야만적인 행위는 군대의 백년대계를 위해 하루빨리 근절되어야 할 것입니다."

심재모의 목소리는 격앙되어 있었다.

"말이야 구구절절 옳은데, 과연 말로만 해서 말을 들을까요?"

누군가의 마땅찮아하는 어투였다.

"심 소령님은 군대의 생리를 너무 묵살하는 것 같은데요."

좀 더 강도가 강해진 부정이었다.

"제 경우는 임관 이후 한 번도 손질을 한 적이 없습니다. 물론 사병들끼리도 폭력 행위를 못하게 했구요. 그래도 부대 통솔에 지장이 없었습니다."

심재모는 강한 어조로 말했다.

"거 참, 그 부대엔 모범 장병들만 모였든지, 심 소령이 무슨 신통술을 부리든지 하는 모양이오."

또 다른 목소리가 비아냥거렸다.

"보소, 심 소령님 병과가 보병이지요?"

투박한 경상도 억양이 건너왔다.

"그렇습니다."

"보병이야 소리를 질러서 우째 될란지 몰라도, 마 포병 부대 한 번 가 보소. 말로만 해서는 포 대가리가 끄떡도 않는 기라요. 그러다가도 하사관들이 매타작을 놓으면 포 대가리가 번개같이 움직긴다 그 말이오. 그러이 우째 몽둥이를 안 들 수 있겠는고?"

"맞아요, 조선 놈은 때려야 말을 들어요."

누가 불쑥 뱉은 말이었다. 심재모는 허리가 꺾이는 듯했다. 그건 학병에 끌려가서 일본 놈들한테 진저리 치며 듣던 말이었다. 심재모는 그때서야 그들 다섯이 다 일본군 출신이라는 사실을 떠올렸다.

"우리 군대는 일본 군대가 아닙니다. 우리 군대는 체제는 미국식이면서 운영은 일본식으로 하고 있습니다. 체제가 미국식이면 운영도 미국식으로 해서 폭력 행위를 없애야 합니다. 미국 군대는 폭력 없이도 잘만 되고 있습니다."

"거 자꾸 미국식, 미국식 하지 맙시다. 우린 어디까지나 엽전이오, 엽전."

"우린 우리식으로 하는 게 좋은 법이오. 그리고 때리면 효과가 나는데 안 때릴 수 있소?"

"무슨 말씀들을 그리 무책임하게 하십니까. 장병들은 국방의 의무를 하려고 군대에 왔지 구타당하러 온 게 아닙니다. 군법대로 통솔하면 되지 않습니까. 그리고 인민군에서는 일체의 폭력 행위가 없다는 사실을 장병들이 알게 되면 어떻게 생각하겠습니까. 그래도 심각한 문제가 아니란 말입니까?"

"어, 어, 심 소령, 심 소령 뜻 잘 알았으니 그만 회의 끝냅시다."

훈련소장이 손을 저으며 자리에서 일어났다. 구타 문제를 놓고 왈가왈부하다 정작 유 소위 수사 문제는 건드리지도 못한 상태였다. 그러나 소장을 따라 모든 참모들이 자리를 뜨고 말았다.

"알겠습니다, 그렇게 된 상황이었군요."

헌병 대위는 고개를 끄덕이고는 다시 입을 열었다.

"소령님의 뜻은 알겠습니다만, 그 말은 듣는 사람에 따라 뜻이 얼마든지 달라질 수 있습니다. 고발이 나한테 안 들어오고 특무대로 들어갔다면 어떻게 됐겠습니까."

대위는 심재모를 빤히 보았다.

"글쎄요……."

"소령님 뜻은 이해합니다만, 세상이 어디 그렇습니까? 이 일을 내 선에서 끝낼 테니, 협조를 좀 해 주십시오."

"협조라니요?"

"에……. 그 사건을 그만 잊어버리는 게 어떻겠느냐 하는 겁니다."

"유 소위 사건 말입니까?"

대위는 고개만 끄덕였다. 심재모는 모든 것이 각본임을 알아차렸다. 대위의 말은 회유이면서 협박이었다. 대위의 말을 거부하면? 그 답은 아까 벌써 특무상사가 지껄였던 것이다. 그럼 특무상사의 행위도 연극이었단 말인가? 그는 혼란스러워졌다.

"어떻게 하겠습니까?"

심재모는 우선 그물에서 벗어나야 한다고 생각했다. 유 소위 사건은 그다음 문제였다.

"됐소, 그렇게 합시다."

"잘 생각했습니다. 세상살이란 게 괜히 모나게 살 필요 없는 일 아닙니까?"

대위는 세상사에 이미 달통한 듯한 묘한 웃음을 웃었다.

40년 만의 한파라고 했다. 평안남도 이북 지역은 계속 영하 20도를 밑돌았다. 기온이 낮을 뿐만 아니라 매서운 바람이 불고 사흘 거리로 눈까지 퍼부어 체감온도는 더 낮았다. 북쪽에서 몰려오는 그 추위의 응원이라도 받듯 인민군과 중공군은 무서운 기세로 몰아닥쳤고 국군과 미군은 걷잡을 수 없이 무너졌다. '인해전술'이란 말이 전선마다 퍼지면서 병사들은 중공군에 대한 공포에 사로잡혔다.

'인해전술에 걸리면 한 명도 살아남지 못한다.' '중공군은 마술로 사람을 홀려 정신을 뺀 다음에 몰살을 시켜 버린다.' '중공군은 축지법을 써서 하룻밤에 500리를 간다.'

이런 황당한 듯한 말들은 특히 미군들 사이에서 크게 번졌다. 병사들은 이미 중대나 대대, 연대까지도 허망하게 전멸했다는 소식을 들었고, 어둠 속에서 들려오는 음산한 피리 소리를 들었고, 추위를 뚫고 하루 종일 후퇴하면 중공군은 그날 밤에 앞뒤에서 공격해 오는 것을 경험했다. 이 때문에 그런 소문은 대부분의 미군들에게 사실로 받아들여졌다.

정보기관에서는 사기가 떨어진 원인을 자연 조건과 중공군에 대한 심리적 조건으로 분석했다. 김범우는 그 분석이 꽤 정확하다고 생각했다. 그러나 그가 보기에 더 중요한 심리적 요인이 있었다. 국군과 미군은 압록강까지 진격함으로써 전쟁에 이겼다고 마음을 다 풀어 버렸지만, 그와 반대로 상대는 반격하기 위해 마음을 가다듬었던 것이다. 그 차이에 계절적 조건이 작용했다. 쌓인 눈 때문에 미군이 자랑하는 기동성은 마비되고 말았다. 자동차도 대포도 굴곡이 심한 눈길에서는 움직일 줄 모르는 쇳덩어리에 불과했다. 게다가 한국에 와서 눈을 처음 보는 미군이 적지 않았다. 미국 중남부 출신 미군은 영하 20도의 추위 속에서 이미 '군인'일 수 없을 뿐만 아니라 '사람'일 수도 없었다.

그런 상황에서 정보기관은 중공군이 얼마나 참전했는지조차 파악하지 못하고 있었다.

"갓댐 레드 차이니스!"

윌리엄스가 큰 소리로 외치며 막사로 들어섰다. 중공군이 참전한 다음부터 그는 쉴 새 없이 '갓댐 레드 차이니스'를 외쳐 댔다. 심슨과 암스트롱도 마찬가지였다.

"출발이다. 중공군 장교를 생포했다는 연락이다."

윌리엄스는 이렇게 말하고 밖으로 나갔다. 심슨과 암스트롱이 몸을 일으켰고, 김범우도 그들을 따라 나갔다.

중공군 장교는 중대장이라고 했다. 중국 말을 하는 사람까지 이중 통역을 동원했는데, 그는 묵비권을 행사했다.

"제네바 협정에 따라 정당한 포로로 취급해 줄 것을 요구하오. 포로에게 정보를 얻으려고 심문하는 것은 협정 위반이오."

그는 자기의 인적 사항을 또박또박 댄 다음에 이 말을 하고는 입을 다물어 버렸다.

"몇 개 사단이 참전했느냐." "군대의 병과는 어떤 것들이냐." "보병의 화력은 무엇이냐." 이중 통역을 해 가며 이런 것을 물었지만 그의 입은 열리지 않았다.

"다시 묻겠다. 이번에도 대답하지 않으면, 폭력적인 방법으로 입을 열겠다. 명심해!"

윌리엄스가 숨을 씨근거리며 그를 노려보았다. 김범우는 곤혹스러운 마음으로 그 말을 우리말로 바꾸었다. 우리말이 다시 중국 말로 바뀌었다. 그러나 중공군 중대장은 아무런 동요 없이 윌리엄스를 쳐다보았다. 그 눈길에 경멸이 담겨 있었다.

"이 새끼 죽고 싶어!"

윌리엄스가 거구를 일으키며 권총을 겨누었다. 그래도 그는 무표정했다.

"뭘 하는 거야. 통역해, 통역!"

　윌리엄스가 김범우에게 성질을 부렸다. 윌리엄스는 중공군 장
교의 무표정이 자기 말을 못 알아들어서 그러는 거라고 생각하
는 모양이었다. 김범우는 그의 말을 통역했다.

　"날 죽이는 건 당신 자유요. 그러나 그건 엄연히 협정 위반이
고, 난 미군의 야만성을 기억하며 죽어 갈 것이오."

　중공군 장교의 변함없는 단호함이었다.

　"저 새끼가 입을 열게 만들어."

윌리엄스가 심슨과 암스트롱에게 명령했다.

자동차 배터리에 전선을 연결한 전기 고문도 효과가 없었다. 전기가 통할 때마다 중국군 장교는 사지를 비비 틀고 눈이 뒤집혀 비명을 질렀지만 끝내 입을 열지 않았다.

"전기 고문으론 안 되겠어. 고춧가루 물을 먹여. 동양인에겐 동양식이 효과가 날 테니까."

윌리엄스가 턱짓을 했다. 밖으로 나간 심슨이 고춧가루 물을 가져왔다.

"찬 물에 고춧가루를 풀면 차고, 맵고, 숨 막히고, 삼중 효과다. 제 놈이 입을 안 열 수 없겠지."

윌리엄스가 중얼거렸다. 천만에, 고춧가루가 너희들한테나 미치게 맵지 동양인한테도 그런 줄 아냐. 이 멍청아, 순서가 바뀌었어. 암스트롱이 막대기로 물을 휘젓는 것을 보며 김범우는 속말을 했다.

"미스터 킴, 뭘 하고 있소. 좀 거드시오."

윌리엄스가 김범우에게 내질렀다.

"그게 무슨 소리요?"

김범우가 윌리엄스를 쏘아보았다.

"앉아 있지만 말고 저 일을 좀 도우란 말요. 말이 어렵소?"

윌리엄스가 경박한 고갯짓을 했다.

"난 통역이오."

김범우가 내쏘았다.

"뭐라고? 이 전쟁의 작전권이 미군한테 있다는 걸 모르오?"

윌리엄스가 눈을 부라렸다.

"알고 있소."

"그럼 빨리 도우시오. 이건 명령이오!"

"난 민간인이오. 민간인으로 징발당한 내가 해야 할 임무는 통역뿐이오. 당신은 그 이외의 명령을 나한테 할 수 없고, 난 들을 필요가 없소."

"저 중공군을 돕자는 의도요?"

"말조심하시오. 책임 한계를 분명히 하자는 뜻이오."

"가앗댐!"

윌리엄스가 짜증스레 내뱉었다.

중공군 장교는 고춧가루 물 고문에 캑캑거리고 발버둥 치면서도 아무 정보도 흘리지 않았다. 고문으로 허물어지는 육체 속에서 정신을 견고하게 지켜 내는 그 모습을 김범우는 고통스럽게 지켜보았다.

김범우는 다음 날 아침에야 그곳이 영국군 부대라는 것을 알았다. 이번 전쟁에 미국의 개입을 합리화하기 위해 세계 16개의 나라가 유엔군이란 이름으로 들러리를 서고 있다는 것은 세상이

다 아는 일이었다. 이제 미국의 들러리나 서고 있는 영국, 그건 부정할 수 없는 국제 현실이었다.

"잠깐 실례합니다."

간이 변소에서 소변을 마치고 돌아서던 김범우가 주춤했다. 영국군 한 명이 웃음 띤 얼굴로 다가서 있었다.

"당신이 통역이지요?"

"그렇소."

"난 이 부대에 소속된 주리안 토스들이라고 합니다."

영국 병사는 악수를 청했다.

"아, 난 김범우라고 합니다."

김범우는 경계심을 풀며 그의 손을 잡았다.

"내 말을 어떻게 생각할지 모르겠지만, 중공군 장교를 고문할 때 당신도 가담했소?"

"아니, 안 했소."

의외의 물음에 김범우는 긴장했다.

"왜 안 했는지 알아도 되겠소."

"난 통역일 뿐이기 때문이오."

김범우의 신경은 상대방의 의도를 간파하려고 예민한 촉수를 세웠다.

"당신은 포로를 고문하는 행위가 옳다고 생각하오?"

김범우는 그때서야 상대방의 마음을 알아챘다. 그의 얼굴에 고문을 싫어하는 듯한 기색이 드러났던 것이다.

"당신은 옳지 않다고 생각하는 모양인데, 나 역시 옳지 않다고 생각하오."

김범우는 그의 마음을 확인하기 위해 일부러 이렇게 말했다.

"물론이오. 그건 제네바 협정을 따지기 이전에 비인간적인 야만 행위요. 2차 대전 때 히틀러 군대가 저지른 야만 행위를 한국전쟁에서 미군이 저지르고 있는 것이오. 그런 미군을 위해 통역을 하고 있는 당신도 공동 만행을 저지르고 있다고 생각하지 않소?"

토스들이의 얼굴에 핏기가 돌았다. 이 친구 제법일세. 김범우는 쓸쓸레하게 웃었다.

"당신 말이 옳소. 그러나 난 하고 싶어 하고 있는 게 아니라 강제로 징발당한 거요. 이 전쟁의 작전권이 맥아더에게 있는 건 당신도 알잖소?"

"작전권을 외국군에게 넘겨주다니, 그건 있을 수 없는 난센스고, 코미디요. 맥아더가 요구했다는 말도 있고, 이 대통령이 넘겼다는 말도 있지만, 어쨌거나 요구했다고 넘겨준 사람이나, 넘겨준다고 받은 사람이나, 둘 다 미친 사람이오. 당신도 그 미친 사람들의 가엾은 피해자로군요. 내 말 지루하지요?"

"아니, 오랜만에 시원한 말을 들으니까 가슴까지 시원해지오.

계속하시오."

"그리 생각해 주니 고맙소. 그런데 미군이 포로를 왜 그렇게 잔인하게 고문한 줄 아시오?"

토스들이가 심각한 얼굴로 물었다.

"정보를 얻어 낼 욕심 때문 아니겠소?"

"맞소. 그러나 내 말은, 그들이 그런 행동을 맘 놓고 할 수 있는 근거가 무엇인지 알고 있느냐는 거요?"

"글쎄, 모르겠는데요."

"당연하지요, 그건 비밀 사항이니까. 당신이 비밀을 지킬 수 있다면 말해 주고 싶소."

"물론이오. 알아서는 안 될 비밀을 발설하면 당신보다 내가 먼저 피해를 입지 않겠소?"

"아주 논리적이군요. 그럼 됐어요." 토스들이는 만족스럽게 웃다가 이내 표정을 바꾸고는 "한국전쟁에 참전한 모든 미군에게 적을 증오하는 생각을 갖게 하기 위해 이렇게 가르칩니다. '아시아인은 미국인과 동등하지 않다. 아시아인은 인간이 아니며, 인간 이하의 존재다.' 이런 정의를 내려 놓고, 그러므로 아시아인은 물건과 같이 취급할 수 있다, 또한 그들은 동물과 다르지 않다, 우리는 동물을 죽이는 것과 같은 이유로 그들을 죽이는 것이며, 동물을 죽일 때 마음이 동요되지 않는 것과 마찬가지로 결코 그들을 불쌍하다고 생각할 필요가 없다, 라는 논리를 주입시킵니다. 나는 특별히 양심적이지도 않고, 휴머니스트도 아닙니다. 그러나 그런 논리를 우리 영국군한테까지 파급시키려는 것에는 동의할 수 없습니다. 나는 이 사실을 한국인 그 누구에겐가 전하지 않고서는 나 스스로 괴로워 견딜 수가 없었습니다. 내가 무사히 고국으로 돌아가게 되면, 난 이 이상하고 어이없는 전쟁에 대해 책을 쓸 작정이오. 책제목도 정해 놨는데, '나는 한국에서 싸웠다'요. 어떻소?"

"꾸밈이 없어 좋소. 그런 중요한 사실을 나한테 말해 줘서 고맙소."

김범우는 그들식의 예의를 갖추어 말했다.

"나도 당신같이 사려 깊은 사람한테 그 사실을 알리게 된 걸 큰 행운으로 생각하오."

토스들이가 맞잡은 손에 힘을 주었다. 찬바람 속에 대포 소리가 먼 메아리로 흘러가고 있었다.

3

탈출

전선은 걷잡을 수 없이 무너졌고, 후퇴하지 않을 수 없었다. 미군 대병력은 눈보라의 혹한 속에서 중공군의 포위 공격에 말려 고립 상태에 빠지기 일쑤였다. 동상자와 동사자가 속출하면서 전의는 완전히 상실한 상태였다. 국군이라고 형편이 나을 리 없었다. 공격의 주도권을 잡은 인민군과 중공군은 가열한 공격을 감행해 왔다.

김범우는 포로들을 보면서 그들의 기동력과 공격력을 믿을 수가 없었다. 그들은 개인장비라야 몇 발의 총알에 소총이 고작이었고, 혹한 대비로는 누비 솜옷과 운동화뿐이었다. 그들의 기동력과 공격력은 오로지 정신력에서 비롯되고 있었다. 포로들 중에는 동상으로 손가락 네 개가 얼부풀어 터져 한 덩어리로 붙어 버린 사람이 있는가 하면, 발가락에서 고름이 흐르는 사람은 흔했다. 그들은 그런 손으로 체포되기 전까지 총을 쏘며 싸웠고, 그런 발로 잡히기 직전까지 야간 행군을 했다. 만약 미군이 그런 상태라면 모두 후송시켜 달라고 야단이 났을 것이다.

"이런 상태로 전투를 시키는 상관을 원망하지 않는가?"

"우리 상관도 동상에 걸린 채 싸운다."

"그럼 국가를 원망하지 않는가?"

"국가는 인민을 위해 충실히 봉사하기 때문에 원망할 게 없다."

"당의 고급 간부들은 동상에 안 걸리고 편안하게 쉬고 있는데도 원망을 안 해?"

"그분들이 동상에 걸려서는 안 된다. 그분들이 없으면 당도 없다. 그분들은 무슨 일이 있어도 보호되어야 한다. 우리가 손발에 동상이 걸린 대신 그분들은 마음에 동상이 들고 있다."

"속고 있다고 생각지 않나?"

"그분들은 인민을 해방시켰고, 우리는 그분들이 인민을 위해 일하는 것을 직접 보고 겪었다."

"너희들이 고생하고 있는 지금 그들은 편안하게 지내는데도 그런 바보 같은 소리를 하나?"

"모르는 소리다. 모택동 주석은 지금 우리가 먹는 것하고 똑같은 밥을 먹고 있다. 대장정 때부터 그래 왔고, 우리는 그것을 의심하지 않는다."

"도대체 몸이 이래 가지고 싸우는 게 고통스럽지 않은가?"

"고통스럽지만 참는다."

"누구를 위해 참는가?"

"당과 인민을 위해 참는다."

"언제까지 참는단 말인가?"

"전쟁에 이길 때까지 참는다."

"동상이 심해져 죽으면 어쩔 것인가?"

"동상이 심해져 병신이 될 수는 있어도 죽는 일은 없다. 만약 죽는다 해도 당이 다 알아서 조처한다."

"병신이 되면 어쩔 것인가?"

"인민 해방 전선에서 병신이 된 것이니 영광스럽고, 내 일생은 당이 책임질 테니 걱정할 게 없다."

"모든 건 당이 해결한다고 믿고 있는데, 당이 무슨 신인 줄 아나?"

"무슨 소리인가. 당은 우리를 해방시켰고, 모든 것을 우리가 원하는 대로 해결하고 있다."

"그럼 너 자신은 뭐냐? 당과 관계없는 너 자신 말야."

"난 인민의 한 사람이고, 당과 인민에 복무하는 인민 해방 전사다."

"그런 판에 박은 말 말고, 개인적인 너 자신의 인생 말야."

"개인적인 나 자신? 사람은 서로 얽혀 사는 것인데 개인적인 나 자신이 있을 수 있는가?"

심슨과 암스트롱은 당에 대한 그들의 절대적 믿음을 이해하지 못했다. 그들이 몇몇 질문을 이해하지 못하는 것과 마찬가지였다. 그건 두 체제 사이에 가로막힌 뚫을 수 없는 벽이었다.

"우린 내일 아침 평양으로 철수한다. 인민군이 밀고 내려오고 있다."

윌리엄스가 통조림을 우물거리며 말했다.

"인민군이 나타났다면 큰일이군요. 당장 떠나면 안 되나요?"

암스트롱이 두려움을 드러냈다. 미군은 중공군보다 인민군을 더 두려워했다. 인민군이 몇 갑절 잔인하다는 소문이 미군 부대에 쫙 퍼져 있었다. 그 말을 바꾸면 인민군이 그만큼 용감하다는 뜻이기도 했다. 자기 나라와 남의 나라라는 차이도 있을 테고, 쫓겨 갔다 다시 공격하는 인민군과 그런 일을 당하지 않은 중공군 사이에는 적에 대한 증오심이 차이가 날 수밖에 없었다.

김범우는 야전 침낭 속에 누워 바람 소리를 듣고 있었다. 버마 전선에서 탈출하기 전날 밤이 떠올랐다. 그때도 죽을 각오를 하고 외국 군대를 탈출했다. 그때는 일행이 둘이었는데 지금은 혼자이고, 계절은 여름에서 겨울로 달라져 있었다.

　두 달 동안 내가 미국에게 유리하게 하고 민족에게 불리하게 한 것은 무엇이었나. 따질 것도 없이 통역 행위 자체가 민족에 대한 배반이었다. 강압 때문에 한 일이라도 잘못이 용서되는 건 아니었다. 잘못을 용서받으려면 그 강압적 힘을 박차고 나가 죄지은 만큼 참회 행위를 해야 했다. 탈출은 새삼스러운 게 아니었다. 그동안 얼마나 기회를 엿보았던가. 평양에서 시도하려 했지만, 탈출 목적지가 너무 멀었다. 그때는 윌리엄스·심슨·암스트롱을 모두 죽이고 도망치려 했다. 그들은 결코 좋게 볼 수 없는 자들이었다. 하지만 따지고 보면 그들은 거대한 조직의 하수인일 뿐이었다. 그들을 죽인다고 해서 미군에게 타격을 줄 수 있는 것도 아니었다. 그리고 그들을 죽이려다가 정작 탈출이 위험해질 염려가 있었다.

　김범우는 가슴에 올려 놓았던 손을 눈 가까이로 옮겼다. 야광 바늘이 3시를 가리키고 있었다. 그는 침낭에서 나와 방문으로 다가갔다. 주인 없는 집에 들면서 미리 방문과 마루를 점검해 두었다. 방문을 여닫을 때도, 마루를 밟아 봐도 귀를 자극할 만한 소리는 나지 않았다. 그들이 아시아인을 동물 취급해서 한방에 재우지 않는 것이 그렇게 고마울 수 없었다. 방문을 열자 찬바람이 왈칵 몰려들었다. 어디에도 불빛은 없었다. 중대 병력이 좌우로 배치되어 있고, 50미터 후방에 개울이 있고, 그 개울 건너에 야산이 있었다. 북쪽으로 가는 길은 야산의 왼쪽이었다.

김범우는 사립을 나서서 몸을 빠르게 움직였다. 그러면서 발걸음을 셌다. 300보를 옮긴 다음 오른쪽으로 방향을 틀어 일직선으로 걸었다. 천 걸음 정도 옮긴 다음 다시 오른쪽으로 돌았다. 계산이 틀리지 않는다면 중대의 방어선은 벗어난 것이고, 그대로 직진하면 야산과 만나게 되어 있었다.

김범우는 숨을 들이켰다. 영하 20도 이하의 추위를 품은 바람이 가슴속에서는 시원할 정도로밖에 느껴지지 않았다. 개울을 건넜고, 어둠 속의 야산이 어렴풋이 눈앞을 막았다. 날이 밝으면 '갓댐'을 외칠 윌리엄스가 떠올랐다. 그가 뒤늦게나마 아시아인이 동물이 아니라는 사실을 깨달을지도 모른다고 생각했다.

김범우는 앞길에 미군 부대가 있으리라고 짐작했다. 정보 조직은 최전방에 나서지 않기 때문이었다. 그 부대를 피해야 했다. 그게 그리 어려울 것 같지는 않았다. 미군은 희생을 덜 내는 후퇴가 목적이므로 산을 피해 평지나 큰길로 갈 수밖에 없었다. 그럼 이쪽에서는 산을 이용하면 될 터였다.

김범우는 날이 새기 전까지는 큰길을 걷기로 했다. 한 걸음이라도 빨리 북쪽으로 가야 했다. 인민군 부대는 직선거리로 대충 100리 안팎에 있으리라고 짐작했다. 운이 좋으면 하루 안에 만날 수도 있겠지만, 아무래도 이틀은 잡아야 했다. 준비해 둔 비상식량도 이틀 치였다.

비행기 소리가 들려왔다. 쳇소리가 섞이지 않은 것으로 보아 수송기였다. 빨갛고 파란 불빛을 내며 어둠 속을 느리게 떠가는 저 비행기들은 어느 산골짜기에 고립되어 있는 미군 부대를 찾아가고 있을 것이었다. 수송기가 밤에도 날아야 할 만큼 미군의 상황은 급박한 모양이었다.

날이 희번하게 밝아지고 있는데 전방에서 무슨 소리가 들려왔다. 탱크와 자동차 소리였다. 야간 방어를 맡았던 어느 부대가 일찌감치 후퇴에 나선 모양이었다. 그는 곧장 큰길을 벗어나 산으로 이동했다. 그리고 몸을 감추었다.

산 아래 큰길로 병력이 이동하고 있었다. 소나무 뒤에 몸을 숨긴 김범우는 남쪽으로 가고 있는 병력에 눈길을 모았다. 길 양쪽으로 군인들이 걸어가고, 그 가운데로 탱크와 자동차가 느리게 움직이고 있었다. 군인들은 M1을 어깨에 메고 있었다. 앞에총을 하지 않은 그들은 이미 전투를 포기한 상태였다. 세계 최강이라는 군대가 전투를 포기한 채 후퇴하기에 급급해 있었다.

김범우는 야산을 두 개 더 넘고 나서 통조림을 까먹었다. 얼음투성이 통조림을 먹고 나자 속까지 부들부들 떨려 왔다. 추위를 몰아내려면 걷는 수밖에 없었다.

새로운 골짜기로 접어든 김범우는 걸음을 멈칫했다. 발바닥에서 머리끝까지 찌르르 전기가 올랐다. 오른발에 밟힌 것은 땅이 아니었다. 딱딱하면서도 땅의 감촉이 아닌 그 섬뜩함. 시체가 분명했다. 그는 눈 위에 찍힌 자신의 발자국을 물끄러미 내려다보았다. 그 시체는 땅에 묻히지도 못한 채 눈 속에 꽁꽁 얼어붙어 있었다. 전장에서 죽은 목숨은 죽어서도 편할 수 없었다. 저렇게 버려진 시체들이 얼마나 많을 것인가. 그는 무거운 마음으로 보이지 않는 시체를 외면하고 돌아섰다.

어쩌다 만나게 되는 동네는 굳이 피할 필요가 없었다. 동네들은 불타고 있거나, 이미 잿더미로 변해 있었다. 미군은 후퇴하면서 눈에 띄는 집은 다 착실하게 불 질렀다. 크고 작은 야산 네댓 개를 더 넘어 두 번째 통조림을 따 먹었을 때는 김범우도 어지간히 지쳐 있었다. 구름 낀 하늘이 더 내려앉고 있었다. 눈이 올 모양이구나. 애먹게 생겼는데. 인민군 부대를 만나야 할 텐데. 중공군 부대는 말이 통해야 말이지. 거기도 나 같은 통역이 있기야 하겠지. 그는 이런 생각을 하며 통조림을 부지런히 떠넣었다.

다시 밤이 오고, 눈은 밤새 내렸다. 김범우는 잠들지 않으려고 눈 속을 헤맸다. 비탈에서 뒹굴고, 나무에 부딪치고, 바위에 무릎을 짓찧었다. 그러나 잠들면 죽는다는 생각으로 끊임없이 움직였다. 방향을 잃은 지 오래였다. 눈 속을 헤매며 깜빡 졸았고, 졸았다는 것을 알고서야 살을 꼬집으며 다시 움직였다.

먼동이 틀 무렵 김범우는 거의 실신 상태에 다다라 있었다. 그는 눈보라 속에서 비틀비틀 걸음을 옮겼다. 흐린 시야에 두 개의 바위가 보였다. 그는 거기로 가 바위에 등을 붙인 채 주저앉았다. 그리고 정신을 모아 주머니에 손을 넣었다. 그러나 얼어붙은 손은 주머니로 들어가지 못하고 아래로 푹 떨어졌다. 그는 다시 손을 들어 주머니의 아가리를 찾았다. 겨우 손이 주머니로 들어갔다. 손에 통조림이 잡히는 감각이 아득히 멀리 느껴졌다. 먹어야 산다……. 그는 가까스로 통조림을 꺼냈다. 그리고 까마득하게 의식을 놓치고 말았다. 김범우는 어머니가 애타게 소리치는 바람에 소스라쳐 눈을 떴다. 그런데 그의 눈에 들어온 것은 총을 겨누고 선 두 명의 인민군이었다.

"꼼짝 마라!"

"동무들, 잘 만났소! 동무들을 찾아가던 길이었소."

전북도당에서 쓰던 '동무'라는 말이 거침없이 나왔다.

"두 손 번쩍 들고 일어나!"

뒤에서 들려온 말이었다. 김범우는 두 팔을 들고 일어나며 뒤를 돌아보았다. 뒤에도 두 명이 총을 겨누고 있었다. 그들 중 하나가 김범우의 몸을 빠르게 더듬어 권총과 단검을 압수했다.

"방금 뭐라 했소?"

무장해제를 시킨 인민군이 물었다.

"인민군 부대를 찾아가는 길이었소."

김범우는 그들이 정찰조일 거라고 생각했다.

"투항이란 말이오?"

"그렇소."

김범우는 문득 '귀순'으로 말을 고칠까 하다가 그만두었다. '투항'이란 말이 마음에 들지 않았지만, 어차피 '귀순'이란 말도 어울리지 않았다.

"좋소, 부대까지 팔 그대로 들고 가요. 갑시다."

김범우는 고립감과 피곤에서 헤어나며 앞서는 두 인민군을 따라 걸음을 떼어 놓았다.

12월 4일 국군이 평양을 철수했다는 소식이 벌교에도 전해졌다. 인해전술에 얽힌 온갖 소문으로 가뜩이나 불안하던 경찰들에게 그 사실은 큰 충격이었다.

권 서장은 머리가 묵지근했다. 중공군이 아니더라도 그는 나날이 신경을 태우며 살아왔다. 입산 세력은 어마어마했고, 그에 비해 경찰력은 미약했다. 여순반란사건 이후에도 군대의 힘으로 겨우 빨치산을 토벌했는데, 그때의 열 배가 넘는 입산 세력을 경찰이 토벌한다는 것은 엄두도 못 낼 일이었다. 토벌은커녕 그들이 내려오면 꼼짝없이 당할 판이었다. 그래서 경찰에서는 빨리 전쟁에 이겨 군 병력을 후방으로 빼서 빨치산을 토벌하기 바랐다. 그런데 느닷없이 중공군이 개입했고, 나날이 전세가 불리해지더니 마침내 평양까지 내주고 만 것이다. 그사이에 입산 세력은 큰 산들을 장악하고 꽤 큰 마을을 대여섯 개씩 해방구라는 이름으로 손아귀에 넣었다. 그런 현상은 각 도마다 마찬가지였다. 중공군의 개입은 북쪽의 전선에만 타격을 입힌 게 아니고, 남쪽 전역의 입산 빨갱이들이 세력을 다시 구축할 수 있는 시간을 제공한 셈이었다. 그러나 빨치산을 방치할 수만은 없어서 경찰력 증강을 서두르게 되었다. 권 서장이 이근술을 찾아가야 하는 까닭도 그 때문이었다.

권 서장은 경찰서를 나섰다. 이근술이 하필 벌교에 자리 잡은 것도 신경이 쓰이는데, 그가 새로 시작했다는 일을 듣고는 어처구니가 없었다. 그가 시작한 일은 장터거리 가게에서 튀밥 튀기는 일이었다. 전직 경찰이, 그것도 지서장까지 지낸 사람이 튀밥을 튀기다니, 도무지 말이 나오지 않았다. 그가 그 일을 할 수밖에 없는 속사정을 알고는 더 기가 막혔다. 수중에 있는 돈으로는 그것밖에 할 수 없다는 것이었다. 일정 때부터 경찰관을 한 사람으로서 그 청빈이 놀라웠고, 체면을 가리지 않은 그 용기가 놀라웠고, 편한 돈벌이를 찾지 않는 그 정직이 놀라울 뿐이었다.

권 서장은 가게 문을 옆으로 밀었다. 튀밥 튀기는 집답게 고소한 냄새가 밀려들었다.

"튀밥 튀길라면 들어오씨요."

자욱한 연기 속에서 한 남자가 튀밥 기계 손잡이를 돌리고 있었다. 권 서장이 안으로 들어섰다.

"안녕하십니까, 이 지서장님. 서에 있는 권병제라고 합니다."

권 서장은 모자를 벗으며 고개를 약간 숙여 보였다.

"예, 권 서장님, 알고 있구만요. 근디 여기까지 어쩐 일이시당가?"

이근술은 덤덤한 얼굴로 권 서장을 올려다보며 손잡이 돌리기를 멈추지 않았다. 불가에 앉아 있던 튀밥을 튀기러 온 세 아이가 권 서장을 곁눈질하며 쭈뼛쭈뼛 옆 걸음질을 쳤다.

"야들아, 아자씨 죄진 것 없응께로 무서워 마라. 알겄지야잉?"

이근술이 사람 좋은 웃음을 헤벌레 웃었다.

"그래, 이 경찰 아저씨는 저 아저씨하고 친구라서 놀러 온 거란다."

권 서장의 말에 아이들은 이근술과 권 서장을 빠른 눈길로 번갈아 보았다.

"한 가지 의논할 게 있어서 찾아왔습니다."

"예, 일손을 놓을 수도 없고 앉을 자리도 마땅찮고, 어쩌제라?"

이근술이 검댕이가 묻은 손으로 코밑을 씩 문질렀다.

"괜찮습니다. 저걸 갖다가 앉죠."

권 서장은 장작개비 서너 개를 가지고 왔다.

"요것 까시제라."

이근술이 회푸대 종이를 털어 내밀었다.

"다른 것이 아니고……. 이 지서장님의 복직 문제를 상의드릴
까 하는데요."

"고것이 무슨 생뚱헌 소리다요?"

평소의 느릿한 말에 비해 이근술의 말은 놀랄 만큼 빨랐다.

"전에 한 처사가 잘못된 줄 알고 다시 모시고자 하는 것입니
다. 언짢으셨겠지만 지난 일이니 다 잊고 복직하시는 게 어떨까
합니다."

권 서장은 정중하게 말했다.

"한번 나온 그 길을 뭐허러 또 들어가겠소."

이근술은 춤추는 불길에 눈길을 박고 있었다.

"그래도 이런 고생을 해서야 쓰겠습니까. 사람은 다 할 몫이 따
로 있는 법인데요."

"모르시는 말씀이요. 거기서 맘고생허는 것보다야 요 몸 고생

이 훨씬 편허고 좋소. 거기서 사는 것이 하루하루 죄만 쌓는 것 이제 어디 사람 사는 것입디여? 허고 내가 원체 그 생활에는 안 맞는 쫌팽이요. 해방되자 내 죄 생각허고 옷 벗을라다 못 벗었는디, 예비검속 일로 남들이 벗겨 줬응께 외려 고마워허고 있구만이라."

권 서장은 따귀를 얻어맞은 기분이었다.

"그렇게 말씀하시면 제가 면목이 없습니다. 어떻게, 생각을 좀 돌리시지요."

"가만, 시간이 다 찼구만이라. 시간을 안 챙기면 저것이 폭탄이 되야 뿌요."

이근술은 손잡이 돌리기를 멈추고 불그릇을 꺼냈다. 그리고 풀무와 연결된 손잡이의 고무줄을 벗겼다. 눈이 동그래진 세 아이는 귀를 막으며 뒤로 물러섰고, 엉거주춤 일어선 그는 길쭉한 그물 망태기를 끌어다가 튀김 기계에 댔다. 그리고 짤막한 쇠막대기 두 개를 들고 긴 허리를 구부렸다.

펑!

폭발음과 함께 새하얀 김이 터졌다.

"와아아―."

"야아아―."

세 아이가 깡충거리며 손뼉을 쳤고, 그는 느리게 허리를 펴 그

물 망태기를 흔들었다.

"어디, 맛나게 튀겨졌다냐 어쨌다냐."

그는 그물 망태기에서 튀밥을 한 주먹 꺼내 입에 넣고 우물우
물 씹더니 환한 웃음을 피웠다.

"잉, 아주 잘 튀겨져 뿌렀다. 싸게 푸대 자루 갖다 대라."

한 아이가 쪼르륵 달려가 광목 자루를 그물 망태기 아가리에

들이댔다.

"꽉 잡어라이? 바닥에 쏟고 울지 말고."

이근술이 그물 망태기를 들어 올렸다. 그물 망태기가 기울면서
튀밥이 자루로 쏟아졌다.

"아자씨, 인제 내 차례요."

한 아이가 이근술 앞으로 다가서며 자루와 돈을 내밀었다.

"오냐, 알겠다."

이근술이 자루와 돈을 받아 들었다.

이근술은 자루에 든 옥수수를 됫박에 부었다. 그리고 그것을 다시 기계에 붓고는 쇠막대기로 기계를 조이고, 불그릇을 끌어다 기계의 배 밑에 놓고, 고무줄을 손잡이에 연결시키고 나서야 자리에 앉았다.

"지서장님 개인적으로도 그렇고, 나라 형편으로도 그렇고, 다시 일하시는 것이 어떻습니까."

권 서장이 다시 간곡하게 말했다.

"그 두 가지 다 복직헐 이유가 못 되는구만이라. 나 같은 쫌팽이가 경찰질하면 그 수입이나 이 수입이나 어슷비슷허고, 나라는 나같이 상부 명령 척척 안 듣는 무능헌 물건 또 데려다 어디다 써먹겠소."

이근술의 목소리는 담담했지만 그 말 속에 들어 있는 가시를 권 서장은 금방 알아챘다.

"지금 같은 나라 형편에 지서장님 같은 분이 이런 일을 하고 있어서야 되겠습니까."

"나야 나라가 어째야 허는지 잘 모르지만 경찰이 어째야 허는지는 쪼깐 아는 입장이오. 이왕 말이 났으니 한마디만 허겄는디, 그 예비검속이라는 것이 경찰이 헐 짓입디여? 권 서장님은 지난 일잉께 잊으라고 허시는디, 경찰이 잊는다고 그 일이 잊어지겄소? 피해자가 얼만디요. 내 말은, 나라가 헌 그 일은 애당초 글러 먹었고, 그 일을 시킨다고 그대로 헌 경찰도 글러 먹었다 그것이요. 위에서 시키는 일잉께 어쩔 수 없다고 허겄지요들. 고것이 어디 사람이 헐 소리요? 웃대가리들이 못된 일을 시켜도 현지에서 일 허는 사람들이 정신 차리면 쌩사람들을 죽이지는 않았을 것 아니겄소? 빨갱이 아닌지 뻔히 알면서 위에서 죽이라고 헌께 쌩사람들을 그리 무작스럽게 죽여라? 그럼 위에서 명령 내린다고 즈그 엄니 아부지도 죽일 것이요? 일정 때 진 죄 닦음 안 헌 것도 뭐헌디, 또 그런 죄까지 저지른 것이 경찰이요. 그려서 결과가 어찌 되았소. 경찰 가족이 그 사람들 가족 손에 죽고, 세상이 또 뒤집어진께 그 사람들 태반이 입산혀 뿌렀소. 나보고 경찰복 다시 입고 그 사람들 때려잡으라는 것인디, 그 사람들이 참말로 공산당이라고 생각허시요? 나는 그리 생각허지 않소. 못헐 말로, 나라가 공산당으로 몰아치고 있소. 경찰은 그걸 다 알면서도 나라허고 같이 그 사람들 공산당 맹그는 것이제라. 근디 내가 또 경찰질 허고 싶겄소. 권 서장님잉께 내가 요런 주둥이도 놀리는 것이요. 전 원장님이 총을 헛방 맞어서 살아났다고 소문이 났는디, 고것이 될 소리간디라? 다 권 서장님이 살려 낸 것이고, 그려서 내가 맘을 털어놓은 것이요.”

권 서장은 창피스러움과 어떤 패배감을 느끼며 밖으로 나왔다. 예비검속은 이근술의 지적이 아니더라도 변명의 여지없는 명백한 학살 행위였고, 이근술의 옷을 벗긴 것은 경찰이 범한 또 하나의 어리석고 치졸한 범죄였다.

4

죽음의 대열, 해골의 대열

남도 지방의 겨울도 깊어 있었다. 물 고인 논마다 얼음이 잡혔고, 개울물도 얼음 밑으로 흐르며 소리를 죽였다.

그런 추위도 아랑곳하지 않고 사람들이 마을 창고에 모였다. 바닥에는 덕석이 깔려 있고, 줄 맞춰 앉은 사람들 사이로 화로가 네댓 개 놓여 있었다. 화로마다 불덩이가 수북하긴 해도 창고 안의 추위를 녹이기에는 그 열기가 신통치 못했다.

"모두 모이셨으니 지금부터 첫 번째 정치 학습을 시작하겠습니다."

안창민이 사람들을 둘러보며 말을 꺼냈다.

그곳은 지구 정치학교였고, 지구 정치위원 안창민은 강사였다.

도당의 조직 계획에 따라 각 지구마다 정치학교와 군사학교를 설치했다. 정치학교에서는 사상 기초 학습을, 군사학교에서는 유격 기본 학습을 각각 5일씩 실시하고 있었다. 그 전체 학습과는 별도로 모든 부대에서는 매일 세 시간씩 학습을 실시했다. 당의 정치 군대로서 정치 생활의 기틀을 다지기 위함이었다.

"학습에 들어가기 전에 한 말씀 드리겠습니다. 여러분께서는 지금부터 자신이 무식하다는 생각을 싹 버리십시오. 세상사 옳고 그름을 다 아는 여러분이 왜 무식합니까! 유식이나 무식은 학교 공부를 하고 못 하고의 차이로 판가름 나는 것이 아닙니다. 학교 공부를 제아무리 많이 했어도 그 배움을 나쁜 쪽으로 쓰면 그 인간이야말로 상무식꾼입니다. 여러분을 무식하다고 업신여기면서 사람대접하지 않은 사람들이 바로 그 설배운 인종들입니다. 그런 인종들의 잘못된 행투 때문에 여러분은 배우지 못한 것을 무슨 죄라도 되는 양 생각하며 살아왔습니다. 이제 여러분의 마음속에 있는 '나는 무식하다.'는 생각을 깨끗이 없애야 합니다. 그리고 공부가 어렵다는 생각도 버리십시오. 그 생각은 바로 '나는 무식하다.'는 생각과 함께, 공부는 특별난 사람이나 하는 것이라고 여기는 데서 생겨난 잘못된 생각입니다. 공부는 아무나 할 수 있습니다. 어떤 분은 이렇게 말합니다. 나는 머리가 굳어 버려서요, 나는 워낙 머리가 둔해서요. 세상에 나이를 먹었다고 굳는 머리는 없습니다. 그런 생각은 이 세상이 여러분을 무시해 오는 동안 여러분이 갖게 된 마음의 병입니다. 해 보지도 않고 미리부터 안 될 것이라고 주저앉는 생각, 나를 아무것도 아닌 것으로 낮추는 생각은 말끔하게 쓸어버려야 합니다. 여러분은 삼복더위 속에서 팥죽땀을 흘려 가며 농사를 지은 분들입니다. 공부에 비하면 농사는 수십 배, 수백 배 어려운 일입니다. 그 어려운 일을 끄떡없이 해낸 여러분이 공부를 못할 리 있겠습니까. 구빨치 중에 한글을 깨치지 못한 동지는 단 한 사람도 없습니다. 입산 전에 한글을 깨치지 못했던 동지들도 투쟁하면서 다 한글을 깨쳤습니다. 더 열성을 보인 동지들은 사상 학습에 매진해 당원이 되기도 했습니다. 농사짓는 마음으로 학습에 열성을 바치십시오. 그러면 안 될 것이 없습니다. 아시겠습니까?"

안창민이 몸을 굽히며 물었다. 너무 갑작스러워 그런지 사람들은 대답이 없었다. 그러나 사람들의 얼굴에 드러난 밝은 빛을 안창민은 확인하고 있었다.

"대답해 보십시오. 제 말 알아들으셨습니까?"

웃음 띤 안창민은 다시 물었다.

"야아!"

대답이 터져 나왔다.

"좋습니다. 앞으로 어떤 학습을 받든 모르는 것은 질문하십시오. 모른다고 창피하게 생각하지 마십시오. 모르니까 배우는 것이고, 모르는 것을 찾아냈다는 것은 잘 배우고 있다는 뜻입니다. 아시겠습니까."

"야아!"

이번에는 대뜸 반응이 나타났다.

"그럼 지금부터 빨치산이란 무엇인지, 우리가 조직 생활에서 지켜야 할 11가지 가르침 즉 모택동 주석의 '자유주의 배격 11훈'이란 무엇인지 말씀드리겠습니다."

안창민은 사람들을 친근한 눈길로 둘러보았다.

"우리는 서로 차등 없이 사는 인민의 나라를 세우기 위해, 노동자와 농민이 주인 되는 세상을 만들기 위해 입산했습니다. 농사를 지어 쌀을 생산하는 여러분은 이 세상의 진정한 주인입니다. 여러분이 세상의 주인이라는 생각을 잊지 않고, 그 권리를 찾으려고 나설 때 해방전쟁은 승리할 것입니다. 세상 모든 사람은 목숨이 하나씩밖에 없습니다. 얼마나 공평합니까. 그와 마찬가지로 세상의 모든 사람은 누구나 똑같은 권리를 가지고 세상에 태어났습니다. 사람이 태어날 때부터 갖는 권리를 인권이라고 합니다. 그리고 누구나 똑같은 권리를 지닌 것을 인권 평등이라고 합니다. 여러분은 이 사실부터 굳게 믿어야 합니다. 다 같이 저를 따라서 해 보십시오. 우리는 태어날 때부터 똑같은 인권을 가졌다!"

"우리는 태어날 때부터 똑같은 인권을 가졌다!"

"예, 좋습니다. 우리는 우리의 힘으로 우리의 인권을 지킨다!"

"우리는 우리의 힘으로 우리의 인권을 지킨다!"

사람들의 목소리가 하나로 어우러졌다.

"그럼 이번에는, 누구나 차등 없이 사는 것이 인권 평등이다!"

"누구나 차등 없이 사는 것이 인권 평등이다!"

"지주나 부자 들은 인권 평등을 방해하는 우리의 적이다!"

"지주나 부자 들은 인권 평등을 방해하는 우리의 적이다!"

사람들의 목소리가 우렁차게 창고 안을 울렸다. 안창민은 '자본가'라 하지 않고 일부러 '부자'라고 말을 바꾸었다. 한꺼번에 많은 개념을 넣어 주려고 무리할 필요가 없었다.

"모든 인간은 평등합니다. 우리 당은 노동자·농민 외에도 여러 가지 기술자들, 백정, 무당처럼 천시받던 분들을 '기본출'이라 하여 혁명의 동지로 우대합니다. '기본출'이란 말은 '기본계급 출신'을 줄인 말입니다. 그리고 인민이란 노동자·농민·기본출을 다 합한 뜻의 말입니다. 그러면 인민이 주인이 되는 세상, 인민의 나라를 만들려면 어떻게 해야 되겠습니까?"

"지주고 부자를 다 쳐 없애야 허요."

"악질 순사들도 다 없애야 허제라."

"고것들을 싸잡아서 다 강물에 처박아 뿔어야 허요."

"맞습니다, 그런 인종들을 다 없애야 인민이 주인 되는 새 세상이 옵니다. 인민이 주인 되는 새 세상을 만드는 일이 바로 혁명입니다. 그러나 혁명은 말로만 되는 것이 아니라 목숨을 걸고 싸워야만 합니다. 인민의 적들은 절대로 순순히 물러서지 않기 때문입니다. 우리가 적들을 이기려면 어떻게 해야 할까요? 적보다 좋은 무기가 있어야 할까요? 아닙니다. 나 하나 죽더라도 혁명을 이루고야 말겠다는 돌처럼 단단한 마음이 있어야 합니다. 그런 결심 없이는 아무리 좋은 무기가 있어도 이길 수 없습니다. 그래서 '정신 무장' '사상 무장'이라는 말도 생긴 것입니다. 학습을 통해서 사상 무장을 철저히 해야만 여러분은 용맹스러운 혁명 전사인 빨치산이 될 수 있습니다. 여러분, 학습을 열심히 할 각오가 되어 있습니까?"

"야아!"

"됐습니다. 그럼 빨치산에 대해 말씀드리겠습니다. 빨치산은 러시아 말인데 우리말로 하면 유격대입니다. 유격대란 우리 편 군대를 도와 그때그때 적의 뒤나 옆을 쳐서 적진을 어지럽히고 적군을 무찌르는 군대를 말합니다. 거기다가 인민을 상대로 혁명 사상의 선전과 선동까지 맡아야 합니다. 그러므로 여러분이 학습을 하는 것은 첫째, 여러분 자신의 마음을 혁명하기 위해서이고 둘째, 당이 내린 임무를 충실히 실천하기 위해서입니다. 그럼 인민군과 빨치산이 어떻게 다른지 살펴보겠습니다. 인민군이 적과 정면으로 맞서 싸우는 군대라면, 빨치산은 전선 없이 이곳저곳에서 싸우는 군대입니다. 그리고 인민군이 무기와 식량, 옷 같은 것을 지급받는 정규군이라면, 빨치산은 그런 것을 지급받지 않는 비정규군입니다. 그러면 빨치산은 그런 것을 어디서 구하겠습니까? 바로 적과 인민한테서 구해야 합니다. 적을 쳐서 적의 무기로 무장하고, 그 무기로 다시 적을 무찔러야 합니다. 그리고 식량이나 옷은 인민의 지원과 협조를 받아야 합니다. 그래서 인민과 빨치산의 관계는 물과 고기의 관계와 같습니다. 인민은 물이고, 빨치산은 고기라는 말입니다. 인민이 협조하지 않으면 어쩌냐는 염려는 하지 않아도 됩니다. 우리가 진실로 인민을 위해 앞장서는 한 그런 걱정은 할 필요 없습니다. 인민의 지원과 협조가 없었다면 구빨치들은 그 추운 겨울 동안 한 명도 살아남지 못했을 것입니다. 여러분은 빨치산의 그런 특성을 알고, 각오를 단단히 해야 합니다. 빨치산의 영광이 무엇인지 아십니까! 당과 인민을 위해 죽는 것입니다. 여러분은 아직 이 말을 이해할 수 없을 것입니다. 그러나 앞으로 학습을 받게 되면 그런 각오가 서게 될 겁니다. 자, 질문 있으면 하십시오."

"저, 그럼 후퇴 못허고 우리허고 같이 있는 인민군 전사들은 어찌 되는게라?"

"그 인민군 전사들은 도당마다 얼마씩 있습니다. 그 전사들은 인민군 총사령부와 연락이 끊어져 각 도당의 유격 조직에 포함된 이상 우리와 똑같이 빨치산 활동을 해야 합니다."

안창민은 사람들을 둘러보았다. 그들은 하나같이 긴장한 얼굴로 앉아 있었다. 그 긴장감이 어떤 각오의 표현일 수도 있고, 두려움의 표현일 수도 있었다.

"다른 질문 없으면, 우리가 조직 생활에서 지켜야 할 11가지 지침을 말씀드리겠습니다. 이것은 모택동 주석의 '자유주의 배격 11훈'이라고도 하며, '자기비판 지침'이라고도 합니다. 자기비판이란 자기의 잘못을 자기 스스로 반성하는 것을 말합니다. 사람은 누구나 잘못을 저지릅니다. 잘 몰라서 잘못을 저지르기도 하고, 알면서 잘못을 저지르기도 합니다. 자기비판은 그 두 가지를 다 바로잡기 위해 필요합니다. 잘 몰라서 저지른 잘못은 왜 그것이 잘못인지 밝혀 같은 잘못을 저지르지 않게 하고, 알면서 저지른 잘못은 양심에 비판을 가해 그 버릇을 완전히 몰아내고자 하는 것입니다. 자기비판은 바른 양심, 똑바른 정신을 갖기 위해 하는 것이고, 그것은 혁명을 위한 조직 생활의 바탕이 됩니다. 그럼 자기비판 지침 11가지를 말씀드리겠습니다. 첫째, 동창·친지·부하·동료의 잘못을 알면서도 책임을 묻지 않고 놔둬서는 안 된다. 둘째, 앞에서 말하지 않고 뒤에서, 회의에서 말하지 않고 회의 후

82

에 이러쿵저러쿵하는 것은 삼가야 한다. 셋째, 타인의 잘못을 보고도 침묵하는 것은 잘못이다. 넷째, 간부라고 해서 자기 의견만 고집하는 것은 옳지 못하다. 다섯째, 개인 공격을 일삼아 보복하려는 태도는 좋지 않다. 여섯째, 반혁명 분자의 말을 듣고도 당에 보고하지 않는 것은 잘못이다. 일곱째, 선전·선동하지 않고 당원의 임무를 망각하는 것은 잘못이다. 여덟째, 군중의 이익에 해가 되는 행동을 보고도 격분하지 않는 것은 옳지 못하다. 아홉째, 맡은 일에 충실하지 않고 하루를 되는대로 지내는 것은 좋지 않다. 열째, 큰일을 할 능력은 없으면서 작은 일을 하기 싫어하는 태도는 좋지 않다. 열한 번째, 자기 잘못을 알면서도 고치지 않는 것, 또는 자기를 반성하되 비관과 실망에 그치고 마는 태도는 옳지 못하다. 이상 11가지입니다. 그럼, 한 가지씩 설명을 하도록 하겠습니다."

안창민은 숨을 한껏 들이켰다가 내쉬었다.

한편 하대치는 자신의 기동대원들에게 군사 기본 학습을 시키고 있었다.

"우리가 빨치산으로 살면서 검은 개나 노란 개허고 싸울 적에 꼭 알아야 할 것이 있소. 우리가 개들허고 허는 쌈이란 것이 서로 총질허는 진짜배기 쌈잉께 자다가 깨워서 물어도 또로록 대답이 나올 수 있게끄름 달달 외워 뿌씨요잉. 자, 개들은 눈구녕 시뻘게서 우리를 죽일라고 허고 있소. 고런 형편에 우리가 목숨을 지키고 우리가 바라는 세상을 맹글 때까지 싸우자면 지켜야 헐 것이 있소. 바로 소리 안 내는 것, 능선 안 타는 것, 연기 안 내는 것, 이 세 가지요. 고것을 안 지키면 개들보고, 우리 여기 있응께 팡 쏴 죽여 주씨요, 허는 것이나 똑같은 일이요. 소리는 말소리·발소리부터 우리가 산에서 내는 소리를 싹 다 말허는 것이요. 잠잠헌 산에서 빠짝 마른 솔가지 분지르는 소리가 얼마나 멀리까지 들깁디여. 긍께로 산에서는 기침도 혀서는 안 되는 것이요. 저절로 터지는 기침을 어쩌란 말이냐 허겄제라잉? 고것도 방도가 있소. 기침이 나올라고 허면 고개를 쭈욱 배면서 입을 쫙 벌리고 숨을 들이마시씨오. 그래서 안 될 심헌 기침이면 수건이나 옷자락으로 입을 틀어막고 땅바닥에 입을 대고 기침을 허는 것이요. 그럼 기침 소리가 삭아 뿌요. 그다음으로, 산등성이를 타면 사람이 얼마나 빤히 잘 뵈는지 다 알제라? 밤중에도 표가 나는디, 한 사람도 아니고 수십 명이 줄줄이 산등성이를 타면 어찌 되겄소. 긍께로 우리는 힘이 들어도 비탈을 타고 댕겨야 쓰요. 허고 연기를 내지 말라는 것인디, 담배 연기·밥 연기를 다 말허는 것이요. 밤에는 연기 대신 불빛을 내면 큰 탈 나 뿌요. 담뱃불이 50리, 100리를 간께 밥해 먹는 불이나 춥다고 피우는 불이 얼마나 멀리 가는지는 더 말해 뭣허겄소. 연기도 내지 마라, 불빛도 내지 마라, 허면 밥

못 해 먹어 굶어 죽고, 불 못 피워 얼어 죽으란 것이냐? 근디 그렇지 않은 것이 세상 이치요. 나무 중에도 연기가 별로 안 나는 나무가 있고, 불빛이 안 새 나가게 불을 피우는 요령도 있소. 연기가 별로 안 나는 나무를 순서대로 짚자면, 일 맹감, 이 꽃대, 삼 비사리, 사 때죽이오. 그리고 불을 피울 때도, 먼저 적이 있는 반대쪽으로 자리를 잡고, 큰 바위 같은 것의 뒤를 고르고, 그다음에 땅을 한 자 깊이로 파고, 그 위를 포장으로 가린 다음에 불을 피우면 안전허요. 자, 이야기가 길었는디, 간단히 뼉다구를 추리겠소. 세 가지 절대 금허는 것으로 다 같이 따라 허씨요, 소리 금지·능선 금지·연기 불빛 금지!"

"소리 금지, 능선 금지, 연기 불빛 금지!"

"연기 안 나는 나무로, 일 맹감, 이 꽃대, 삼 비사리, 사 때죽!"

"일 맹감, 이 꽃대, 삼 비사리, 사 때죽!"

"잉, 복창헌 그것을 잘 적에 물어도 답헐 수 있게 머릿속에 말뚝으로 박으씨요."

하대치의 양쪽 입꼬리에 침 찌꺼기가 말라붙고 있었다.

염상구는 다방 안에 퍼지고 있는 노래에 맞추어 발끝을 까딱거리고 있었다. 중공군이 내려오고 있다느니, 평양을 다시 빼앗겼다느니, 하며 읍내가 뒤숭숭했지만 그는 나 몰라라 딴전을 치고 있었다. 설령 서울을 빼앗겼다 해도 그는 얼마 전부터 몰두하고 있는 일 때문에 별 관심을 안 보였을 것이다.

"단장님, 전화 왔어요."

염상구가 몸을 일으켜 전화를 받았다.

"이, 어찌 되았냐?"

"옷 차려입고 역전으로 가고 있구만이라."

"알었다, 시방 내가 갈 팅께."

전화를 끊은 염상구는 밖으로 뛰어나갔다.

다방을 나와 차부 쪽으로 가던 염상구가 사방을 두리번거렸다. 그의 눈길이 세일러복을 입은 여학생에게 멎었다. 염상구는 세일러복을 보자 숨을 들이켰다. 세일러복을 입은 여학생의 모습은, 소년 시절부터 그의 가슴을 두근거리게 했다. 세일러복을 입은 여학생은 누구나 다 예뻐 보였던 것이다. 그런데 아버지가 상급 학교를 보내 주지 않고 숯 장사를 시키려고 할 때부터 세일러복을 입은 여학생이 좋게 보이지만은 않았다. 막연한 동경이 열등감으로 바뀌고, 세월이 흘러갈수록 그 열등감은 커져 갔다.

"제길, 세일러복이 더 이쁘구만."

염상구는 혼잣소리를 흘렸다. 옥자의 인물이 볼품없다는 것은 진작 알고 있으면서도 얼굴을 볼 때마다 아쉬움을 떼칠 수 없었다. 잡것, 어째 윤가 집구석 딸년들은 인물이 메주덩이들이여. 그

려도 윤태주 놈이 총살당해 죽었으니 내 밥통 새로 생긴 것이제, 안 그랬다면 내가 꼭 닭 쫓던 개꼴 당헐 뻔혔지. 허! 윤태주를 죽인 것이 누구여! 그 장헌 빨갱이 우리 성님 염상진 씨 아니드라고? 그러고 봉께 성님 덕 보는 셈이시? 아이고 성님, 덕 톡톡히 뵈 줘서 고맙구만요. 에라, 돼지 잡아먹으면서 인물 따지더냐. 윤태주 죽어 없어진 판에 솥 공장이고 정미소고 먼저 침 뱉는 놈이 임자다. 염상구는 윤태주의 여동생 윤옥자 뒤를 따라 슬슬 걸음을 옮겼다.

윤옥자는 매표구로 곧장 걸어갔다. 염상구는 숨을 들이켰다. 가슴이 두근거리면서 주눅이 드는 기분을 떼쳐 내기 위해서였다. 겁먹지 말어. 저것 인물이 순 호박잉께, 호박! 그는 자신을 일깨웠다. 그때 윤옥자가 기차표를 들고 돌아섰다. 그녀와 눈길이 마주쳤다. 그는 씨익 웃었고, 그녀는 얼굴이 싹 굳어지며 외면했다. 허, 니 눈에 내가 사람으로 안 뵈냐? 그녀가 자신을 무시하는 꼴을 보자 염상구의 마음에는 자신감과 오기가 한꺼번에 들어찼다.

"방학인디 순천 넘어가시요?"

염상구는 점잖게 운을 떼며 윤옥자 옆으로 다가섰다. 윤옥자는 불쾌하다는 듯 그를 거들떠보지도 않고 반대쪽으로 몸을 돌려 버렸다. 하, 호박꽃도 꽃인 척허네? 항, 아무리 호박꽃이라도 첫물에는 그리 꼿꼿혀야제. 염상구는 그녀 옆으로 더 바싹 다가

섰다.

"내가 누군지나 알고 그러요 시방?"

염상구는 차분하고 나직하게 말했다.

"흥!"

그녀는 가볍게 콧날을 불며 다시 돌아섰다.

"내가 청년방위대장 염상구요."

염상구는 그녀를 따라 돌며 말했다. 대합실에 앉고 선 사람들의 눈길이 그들에게 쏠려 있었다.

"난 방위대에 볼일 없는데 왜 이래요. 남들 보는데 챙피하게."

그녀는 서울말을 흉내 내며 짜증을 부렸다. 염상구는 여유 만만하게 웃었다. 사람들이 볼수록 좋았던 것이다.

"빨갱이질헌 일 없응께 방위대에 볼일이야 없제라. 허나 사적으로는 볼일이 좀 있소."

염상구가 주저 없이 말을 해치웠다.

"음마, 고것이 무슨 소리다요?"

윤옥자가 주춤 뒤로 물러섰다.

"그리 놀랄 것 없소. 꽃에 나비가 앉을라고 허는 것이야 당연헌 이치 아니겠소!"

염상구는 가늘게 뜬 눈으로 윤옥자를 바라보며 능청맞게 말했다.

"음마, 고것이 무슨 넋 나간 소리다요."

주춤주춤 물러서는 윤옥자의 얼굴에 두려움이 가득했다.

"사람이 사람을 좋다고 허는디 어찌 그리 놀래고 그래 쌓소."

염상구는 그녀가 물러선 만큼 다가서며 능글맞게 웃었다.

"순천행 개찰이요, 순천행!"

역원의 외침이 대합실에 퍼졌다.

"흥, 사람이면 다 사람이간디!"

그녀가 표독스럽게 내쏘며 개찰구로 내달았다.

"뭐여!"

염상구는 반사적으로 감정의 깃이 파드득 일어서며 그녀의 쌍갈래 머리를 잡아챌 기분이었다. 그러나 그는 앞으로 쏠려 가는 몸을 용케 바로 세웠다. 애초에 그녀한테 자신의 마음을 알리려했을 때, 그녀가 좋아하리라고 계산하지는 않았다. 그런데 느닷없이 사람을 차별하는 소리가 튀어나오자 그만 감정에 파문이 일었던 것이다.

"요씨, 내가 니보다 잘난 사람인 것을 봬 줄 팅께 쪼깐 기다리드라고잉!"

염상구는 개찰구를 나가는 윤옥자의 뒷모습을 노려보았다.

염상구는 휘파람을 불며 차부를 한바탕 돌았다. 어깨를 삐딱하게 기울이고 두 다리를 멋대로 내두르는 그를 사람들은 슬금슬금 피했고, 젊은이들과 행상들은 꾸벅꾸벅 인사하기 바빴다. 그는 그런 인사를 건성으로 지나치며, 실눈으로 차부의 동태를 빠르게 살폈다. 그는 지금 주먹 패의 오야붕으로 자기 터를 점검하는 것이 아니라 청년방위대장으로서 공무를 수행하는 중이었다. 그는 이제 청년단장이 아니라 준군사 조직인 청년방위대장이었다. 빼앗긴 땅을 되찾고 나자 대통령은 대한청년단을 준군사 조직인 청년방위대로 바꾸도록 명령했다. 염상구에게는 나쁠 것 없는 일이었다. 청년방위대나 대한청년단이나 실속은 그게 그거지만, 청년단장에 비해 방위대장은 그 자격이 훨씬 높았다. 전시체제에서 경찰 '아래서'가 아니라 경찰과 '함께' 지역방위를 수행하는 것이 청년방위대의 임무였다. 그런 지위를 얻게 된 그는 징집을 위해 집뒤짐을 예사로 했고, 낯선 사람을 보면 아무 데서나 도민증을 조사했다. 그가 그렇게 거침없이 권세를 행사하는 것은 유주상 덕이기도 했다. 지난 국회의원 선거 때 최익승의 힘을 이용해 청년단장 자리를 되찾았는데, 최익승은 국회의원에서 떨어지고 말았다. 도로 청년단장 자리를 빼앗길 수밖에 없었는데, 전쟁이 터진 것이다. 쫓겨 갔다 돌아와서도 유주상은 청년단장 자리에 대해 찍소리가 없었다. 그 약아빠진 놈이 신변의 위험을 피하려는 것임을 염상구는 빤히 알면서도 짐짓 모르는 척 방위대장 노릇을 달게 해 먹고 있었다.

염상구는 차부를 휘젓고 나서 경찰서로 갔다.

"이거 참, 또 골치 아픈 명령이 떨어졌소."

권 서장이 쩝쩝 입맛을 다셨다. 염상구는 입을 꾹 다물고 있었다. 내 힘이 필요하면 부탁하라는 배짱이었다.

"국민방위군 설치법이란 것이 새로 만들어졌는데, 이게 우리 발등에 떨어진 불이오."

권 서장이 한숨을 쉬며 고개를 저었다.

"그것이 무슨 법인디 그리 급허다요?"

염상구가 한마디를 걸쳤다.

"병력 동원을 위해, 만 17세 이상 40세 이하의 장정들을 지원에 의해 국민방위군에 편입시킨다는 것이오."

"고것이 뭐 급헌 볼똥이요? 제2국민병이나 다를 것 없고, 지원이라니 적당히 허면 되제."

"그런데 그게 아니니 문제요. 국민방위군은 전선에 투입될 모든 준비를 갖춰야 하고, 지원이라지만 그건 말뿐인 것 아니오? 사태가 좋지 않으니까 병력을 미리 확보해 두자는 계획인 것 같소. 경상도 쪽에는 벌써 51개의 교육대도 만들었다는 것이오."

"옳아, 중공군이 인해전술로 나오니께 여기서도 인해전술로 맞대거리를 허자는 것 아니겠소?"

"염 대장 생각이 얼추 맞을 것 같소. 그런데 문제는 지역별로 방위군을 뽑아 교육대로 보내라고 할당이 내려와 있단 말이오."

권 서장이 또 긴 한숨을 내쉬었다.

"제길, 요러다가는 남자들 씨가 마르겠소. 그간 징병으로 노무 자로 얼마나 많이 몰아갔는디 또 뽑아내라고 그런다요. 남자라고 는 아새끼들허고 영감탱이들만 남을 판인디, 고런 쭉정이들이 어 째 농사를 짓겄소. 나라에서 인제 국민들 다 굶겨 죽이자는 것인 갑소."

"글쎄 말이오, 명령이니 안 들을 수도 없고 큰일이오. 그리 고…… 청년단이 이 법에 따라 국민방위군으로 바뀐다는 것도 알아 두시오. 염 대장은 벌교 국민방위군 대장이 되는 것이오."

"염병, 이름만 정신없이 뜯어고치는 것 하나도 반갑지 않소."

염상구는 신경질적으로 담배에 불을 붙였다.

"서울에서는 벌써 방위군을 뽑아 경상도로 이동시키고 있다는 거요. 우리도 할당수를 빨리 채워 군으로 보내야 하오. 국민방위 군 대장이 됐으니 이건 바로 염 대장의 일이오."

"제길, 나도 인제 인심 잃고 살기 겁나요. 나도 눈치코치 있는 사람 새긴디."

염상구가 얼굴을 일그러뜨렸다. 권 서장은 슬그머니 눈길을 돌 렸다. 궂은일을 그에게 떠맡기려 했던 죄책감도 함께 느꼈다.

권 서장은 아무리 전시라지만 나라 돌아가는 꼴이 엉망이라고 생각했다. 국민방위군 설치법이 국회를 통과한 것이 16일이고, 공포된 것이 20일이었다. 그런데 서울에서는 벌써 17일부터 방위군을 경상도로 보내기 시작했다. 법이 공포되기도 전에 법을 시행한 것이다. 법이 통과되자마자 군과 경찰은 사람들을 닥치는 대로 잡아들였고, 그 사람들은 이유도 모른 채 서울을 떠나야 했다. 그렇게 위법적으로 몰아친 일에 '학생 제외'라는 것도 제대로 지켜졌을지 의문이었다. 권 서장은 그저 쓰게 웃을 수밖에 없었다.

권 서장의 생각대로 최인석은 18일, 하숙이 가까운 원효로에서 군인들에게 붙잡혔다.

"이거 왜 이래요. 난 학생이요, 학생!"

군대에 끌려간다는 것을 직감한 최인석은 발버둥치며 '학생'임을 내세웠다.

"이 새끼 이거 말이 많아!"

군인이 개머리판으로 최인석의 어깨죽지를 후려쳤다. 최인석은 숨이 컥 막히며 무릎이 꺾였다. 그가 제대로 정신을 차렸을 때는 어느새 포장 친 트럭에 실려 있었다. 트럭 안에는 사람들이 그득했다. 다들 죽은 듯 조용했다. 최인석도 입을 열 용기가 나지 않았다.

최인석이 트럭에서 내린 곳은 용산중학교였다. 운동장에는 이미 많은 사람들이 붙들려 와 있었다. 트럭에서 내리는 대로 줄을 세웠다. 그러자 이 사람, 저 사람이 하소연을 시작했다.

"마누라가 진통이 심해 산파를 부르러 나왔다가 끌려왔소. 제발 보내 주시오. 마누라가 죽소."

서른대여섯쯤 돼 보이는 남자의 애걸에 개머리판이 그의 등짝을 후려쳤다. 남자는 바닥에 곤두박이고 말았다.

"병든 어머니를 돌볼 사람이 나밖에 없습니다. 친척집에라도 맡기고 올 테니 시간을 좀 주세요."

스물이 될까 말까 한 젊은이의 부탁에 대한 대답도 개머리판이었다.

운동장은 완전히 공포 분위기였다.

사람들은 소대별로 교실로 떠밀려 들어갔다. 날이 어두워지는 속에서 그들은 교실 맨바닥에 웅크리고 앉아 부들부들 떨었다. 밥때가 지나도 저녁밥을 줄 기미는 보이지 않았다.

"아 이놈들이 밥도 굶길 작정 아니오?"

"아무리 전시라지만 해도 너무하는 짓이오."

"영장도 없이 사람들을 끌어오는 판에 밥 굶기는 것 정도는 약과요."

사람들의 숨죽인 수군거림이었다.

최인석은 그런 말들을 들으며 살 속을 파고드는 추위에 부들부들 떨었다. 그는 징병을 피해 서울로 올라온 것을 후회하고 또 후

회했다.

사람들은 밤새도록 공포에 떨고, 추위에 떨고, 배고픔에 떨었다. 날이 밝자 소금기가 묻은 주먹밥이 한 덩이씩 나왔다. 그들은 주먹밥을 정신없이 먹어 치웠다. 모두가 하룻밤 사이에 거지꼴로 변해 있었다.

주먹밥을 먹자마자 그들은 운동장에 집합했다.

"지금은 전시고, 제군들은 지금부터 군인이다. 행군 중에 무단 이탈자, 명령 불복종자는 무조건 즉결 처분한다, 이상. 1소대부터 출발하라!"

장교의 냉혹한 말이 도열한 500여 명을 얼어붙게 만들었다.

학교를 벗어나 얼마쯤 걷자 한강이 나왔다. 그때서야 사람들은 자기네가 남쪽으로 가고 있다는 것을 알았다. 추위 속에서 도보 행군은 강행되었다. 한 시간 행군에 5분씩 휴식이었다.

대열은 시흥을 거쳐 안양에서 점심을 먹게 되었다. 그들은 공터에 대기하고 있었다. 그런데 20분이 지나고, 30분이 지나도 밥 먹으라는 소식은 없었다.

"제길, 이제 방앗간에 갔나."

"어디 좀 들어앉히기나 하든지."

"이거 참 환장할 일이네."

사람들 사이에 불평이 일었다. 그러나 한 시간이 다 되도록 아무 소식도 오지 않았다.

"어떻게 된 거야! 야, 너 좀 갔다 와 봐."

마침내 중사가 성질을 내며 부하에게 내질렀다.

"예, ……어디로 가 봐야 하는지……."

"이 새끼야, 경찰서고 군청이고, 다 뒤져 보면 장교든 상사든 있을 거 아냐!"

"예, 알겠습니다."

일등병은 허겁지겁 뛰어갔다.

10분쯤 지나 일등병이 숨을 헐떡이며 돌아왔다.

"중사님……. 얼마 전에…… 식당에 밥을 하라고 시켰으니 곧 먹게 될 거랍니다."

"아니, 여태 뭘 하다가 얼마 전에 밥을 시켰다는 거야!"

중사가 빽 소리를 질렀다.

"매일 이렇게 밀어닥쳐 밥을 해내라고 하면 어쩌냐고, 다른 데로 가라고 해서 시간을 끈 모양입니다."

"그 새끼들, 지금이 어느 때라고 군인보고 그따위 개소릴 쳐. 중대장하고 상사는 뭐 하는 짓이야. 그 새끼들 배때지에 총을 들이대서 일을 후딱후딱 끝내지 않고 말야."

화를 터뜨리는 중사에게 사람들은 소리 없는 박수를 보내고 있었다. 중사는 바로 자신들의 화풀이를 해 주고 있었던 것이다.

그러나 사람들은 비로소 자신들을 위해 아무런 준비도 되어 있지 않다는 사실을 눈치챘다.

　사실 정부는 병력 확보만 추진했을 뿐 그에 따른 조처는 아무것도 하지 않았다. 단 한 가지, 장정들의 급식을 위해 방위군에 양곡권을 주고는 그것으로 현지의 군수나 읍장 그리고 경찰서장에게 급식을 요청하도록 했을 뿐이었다. 그런데 그 많은 사람들에게 급식을 제공하기란 쉬운 일이 아니었다. 더구나 반복해서 같

은 일을 당한 지방관청에서는 말썽이 일어나지 않을 수 없었다.

추위 속에서 한 시간 반이 넘도록 기다린 그들이 받아 든 것은 또 주먹밥이었다. 따끈한 밥과 국을 기대하던 그들의 실망은 이만저만이 아니었다.

5

1951년 1월 4일

통화에는 그날도 눈이 내리고 있었다. 눈이 하루거리로 내리고, 쌓인 눈 위로 거친 바람이 휘몰아쳐 눈가루를 뿌옇게 일으켰다. 거기에 또 눈이 내리면 사람이 움직이기 어려웠다. 그들은 그런 눈을 뚫고 통화역에 나와 있었다.

김미선은 눈물을 보이지 않으려고 이원조와 이학송한테서 애써 눈길을 돌렸다. 나는 당원이고, 그건 당의 명령이다. 그녀는 이 말을 되풀이하며 가슴에 차오르는 눈물을 퍼내고 있었다.

이원조가 고산진에 있는 박헌영을 만나고 와서 그들의 서울행이 결정되었다. 그런데 《인민군신문》에서 신문 발행을 중단할 수 없다면서 기자들의 이동을 막았다. 교재의 성격까지 띠고 있는 신문이어서 그 이유는 타당했다. 그러나 이원조에게는 서울로 돌아가 《해방일보》를 다시 내야 하는 막중한 임무가 주어졌다. 그래서 이원조와 함께 이학송 한 사람만 먼저 떠나고 나머지 기자들은 인원 교체를 한 다음에 떠나기로 결정했다. 그 소식을 듣고 김미선은 의자에 털썩 주저앉았다. 그녀가 의지해 온 사람이 이원조와 이학송인데, 두 사람 다 떠나면……. 그녀는 밀려드는 암담함을 주체할 수 없었다. 그런 결정을 내린 이원조가 원망스러웠다. 한꺼번에 다 떠나지 못한다면 이학송은 남겨 두고 가야 했던 것이다. 물론 이학송을 먼저 데려가는 것은 이학송의 특출한 능력 때문이었다. 이학송은 《인민군신문》의 기사를 절반 이상 혼자 써내는 형편이었고, 다른 기자가 쓴 기사도 그의 손질을 거쳐야 제 모습을 갖추고는 했다.

개찰이 시작되자 대합실 안이 갑자기 웅성거렸다.

"김 동무, 조금만 참고 기다리시오."

밝은 얼굴의 이원조의 말이었다.

"네, 먼 길 편히 가십시오."

김미선은 웃으며 악수를 나누었다.

"김 동무, 서울에서 만납시다."

이학송이 엷게 웃으며 손을 내밀었다.

"……"

김미선은 이학송의 손을 잡은 채 고개를 떨구었다. 말을 하려고 입을 열면 말보다 먼저 울음이 터질 것 같았다. 그녀는 목젖이 아프도록 눈물을 삼켰다.

"김 동무, 먼저 떠나서 미안하구만요."

김미선은 때마침 들려온 나이 든 목소리에 고개를 들었다. 안쓰러운 표정을 한 박 영감이었다.

"저도 곧 뒤따라갈 텐데요 뭘. 편히 가세요."

김미선은 머리칼을 올리며 웃었다.

그들이 개찰구를 빠져나갔다. 김미선은 눈물 어린 눈으로 그 사람들의 뒷모습을 지켜보았다. 이원조가 눈발 속으로 들어서며 뒤돌아보고 손을 흔들었다. 김미선도 손을 마주 흔들었다. 박 영감도, 다른 사람들도 뒤돌아보며 손을 흔들었다. 그런데…… 이학송은 뒤돌아보지 않은 채 짙은 눈발 속을 걸어갔다. 김미선은 저도 모르게 서너 발짝 앞으로 옮기며 손등으로 눈물을 닦아 냈다. 그러나 이학송은 끝내 뒤돌아보지 않고 눈발 속으로 사라졌다.

다음 날인 12월 24일 마침내 서울에는 시민 대피령이 내려졌다. 영하 15도의 강추위 속에서 서울은 금방 열기로 들끓었다. 지난 6월과는 달리 방송과 가두선전도 '신속한 사전 대피'를 숨 가쁘게 알려 서울 탈출을 부추겼다. 그날 밤부터 피난 짐을 이고

진 사람들로 서울역과 용산역은 수라장이었다.

"여보, 빨리 피난 짐 챙기시오."

민기홍은 대문을 들어서며 말했다.

"사태가 또 급하게 됐나요? 피난 떠날 무슨 방법은 있어요?"

그의 아내가 다급한 목소리로 두 가지를 한꺼번에 물었다.

"아직 급하진 않은데 미리 피난시키자는 거요. 그리고 신문사
에서 단체로 기차표를 구하기로 했소."

민기홍도 두 가지 대답을 이어서 했다.

"목적지는 어딘가요?"

"아마 부산일 거요."

"어머! 그럼 또 거기까지 밀릴 작정인가요?"

민기홍은 방으로 들어서며 아내의 잘못된 말을 개의치 않았다.
정부가 '밀릴 작정'을 할 리 없었다. 아내는 말이 그렇게 빗나갈
정도로 겁먹고 있었다.

"신문사는 안전이 보장돼야 하니까 그러는 것뿐이오."

민기홍은 미·중이 개입한 이 공방전의 의미가 무엇인지 해득
이 어려운 채 마음만 어두웠다.

"가두방송을 듣고는 곧 중공군이 들이닥치는 줄 알았지 뭐예
요. 그런데 이번에는 정부가 정신 차렸나 보죠? 6월 일로 너무 많
이 욕을 먹어서요."

아내의 말에 정부의 조처를 고마워하는 느낌이 담겨 있었다.
민기홍은 그냥 지나치려다 입을 열었다.

"그게 꼭 국민들을 위해 취해진 조처가 아니라 일종의 작전이오."

"네에?"

그는 놀라는 아내를 건너다보았다.

"그 조처의 1차적인 목적은 소개 작전이오. 서울을 비워 적을
궁지에 몰아넣자는 작전 말이오."

"아니, 그건 러시아가 나폴레옹한테 쓴 방법 아닌가요?"

"맞소. 점령지가 텅 비어 있으니 현지 조달을 못해 결국 나폴레
옹도 무릎을 꿇었잖소."

"소개를 시키면 덩달아 피난도 되는 셈이니까 정부로선 법석을
떨 만한 일이로군요."

아내의 말이 시큰둥해졌다.

민기홍은 전시 상황의 신문사에서 펜대를 놀리면서 일방적으
로 한쪽 편을 들게 되었다. 전쟁의 기본은 적과 우방을 명확하게
가르는 것이었다. 그 양분법 앞에서는 다른 어떤 것도 용납되지
않았다. 중도적 입장은 기회주의일 뿐이고, 객관적 입장은 방관주
의일 뿐이고, 종교적 사고는 허무주의일 뿐이고, 개인적 판단은
이기주의일 뿐이었다. 민기홍은 기회주의자이며 방관주의자이며
허무주의자이고 이기주의자인 자신이 해체되고 한쪽에 가담해

있는 초라한 모습을 보고 있었다.

　최인석이 속한 국민방위군 부대는 대전을 지나 추풍령을 앞에
두고 있었다. 지대가 높아지면서 추위도 혹독한 데다 바람마저
매섭게 휘몰아치고 있었다. 눈이 두껍게 쌓여 있는 길을 겨우 걷
고 있는 그들은 흔들거리고 비틀거렸다. 옷은 넝마나 마찬가지였
고, 천 조각으로 귀싸개를 한 데다, 발은 새끼줄로 감발을 친 그
들은 갈데없는 거지꼴이었다. 옷에 가려진 몰골은 더 비참했다.
눈두덩은 푹 꺼져 눈알이 퀭했고, 볼은 팰 대로 패었으며, 입술은
부르터 갈라져 있었다. 허술한 귀싸개에 감춰진 귀는 얼음이 박혔
고, 동상이 걸린 발가락은 쓸리고 터져 진물투성이였다. 그래도
여기까지 온 사람들은 그나마 평소의 건강이 좋은 사람들이었다.
최인석의 소대는 그동안 서른일곱으로 줄어 있었다. 열셋이 병들
어 죽고, 얼어 죽은 것이다. 나머지 아홉 소대도 비슷했다.
　"저 고개만 넘으면 경상도야. 거기 가면 뜨끈뜨끈한 밥도 고깃
국도 있어. 기운 내, 기운!"
　장교가 긴 대열을 앞뒤로 왔다 갔다 하며 외쳤다. 그러나 최인
석의 귀에는 그 소리가 제대로 들리지 않았다. 귀만 그런 게 아니
라 그의 눈에는 산들이 출렁거리고, 길이 붕 떠올랐다. 심한 열에
눈은 풀려 버렸고, 두 다리는 휘청거렸다. 그는 자꾸 도망가려는

정신을 거머잡으려 안간힘을 썼다. 어떻게든 대열을 따라가야 했다. 대열에서 떨어져 나가는 건 곧 죽음이었다.

안 돼……. 집까지……. 허리가 허청 꺾이더니 그가 푹 고꾸라졌다.

"정지, 정지!"

뒷사람이 소리쳤다. 사람들이 걸음을 멈추었다.

"뭐야!"

중사가 뛰어오며 외쳤다.

"그냥 픽 쓰러져 버렸소."

뒷사람이 힘없는 소리로 말했다.

"거기 무슨 일인가!"

장교가 뛰어왔다.

"옛, 한 명이 쓰러졌습니다."

중사의 힘찬 대답이었다.

"죽었나!"

급히 멈춰 선 장교의 입에서 나온 소리였다.

"아직 확인 못했습니다."

"빨리 엎어!"

"옛!"

중사가 눈길로 주위의 장정들을 훑었다. 서너 사람이 쓰러져 있는 최인석을 바르게 눕혔다.

"숨 쉬나 봐!"

장교가 명령했다. 눈을 감은 최인석의 초췌한 얼굴은 얼핏 죽은 것처럼 보였다. 중사가 허리를 굽혀 귀를 최인석의 코 가까이 가져갔다.

"끊어질락 말락, 아주 가늡니다."

"이거 또 일 생기겠는데." 장교는 낮게 중얼거리고는 "부축하고 가다가 집이 나오면 떨어뜨리고 가도록!"이라고 명령했다.

이미 실시해 오던 중환자 처리 방법이었다. 두 사람이 최인석의 양쪽 팔을 하나씩 어깨에 걸었고 대열은 다시 움직이기 시작했다. 최인석의 두 발은 땅에 질질 끌리고 있었다.

그렇게 한참을 끌려가던 최인석이 무슨 소리를 내는 것 같았다. 처진 그의 몸이 더 처졌다. 그를 끌고 가던 두 사람의 눈이 놀라 마주쳤다. 다시 대열이 멈추었고, 땅바닥에 눕혀진 그의 숨은 끊어져 있었다.

"재수 더럽게 없는 놈이군. 다 와 가지고."

중사가 고개를 돌려 침을 뱉었다.

장교가 언짢은 얼굴로 "땅이 얼어 팔 수 없으니, 저 아래로 옮기고 눈으로 덮어라." 하고 명령했다.

최인석보다 사흘 뒤에 붙들려 서울을 떠난 송성일은 천안과 조치원 사이를 행군하고 있었다. 그들 부대는 점심도 굶은 채였다. 그들이 점심을 굶을 수밖에 없었던 것은 그동안 매일 밀어닥치는 방위군 때문에 지방 관공서들의 살림살이가 거덜나다시피 했기 때문이었다.

"중대장님, 저 앞에 마을이 보입니다."

상사가 빠른 걸음으로 다가오며 앞을 가리켰다.

"규모는?"

"아직 모르겠습니다."

"두어 명 보내 확인하도록."

"알겠습니다."

인솔 장교는 나름대로 머리를 쓰고 있었다. 관청에 들어가 괜한 실랑이를 벌이기보다는 규모가 어지간한 마을을 만나면 거기서 직접 한 끼씩 해결하려는 것이었다. 민폐일 수도 있지만 장정들을 굶긴 채 행군시킬 수는 없었고, 정부가 발행한 양곡권을 이장에게 넘겨주면 될 일이었다.

"중대장님, 50가구쯤 된다고 합니다."

상사의 보고였다.

"50가구……. 좀 무리 아닐까?"

장교가 상사를 옆 눈길로 보며 고개를 갸웃했다.

"한 집에 팔구 명꼴인데, 좀 잘사는 집에 더 배당하면 한 끼는 해결되지 않을까요."

상사는 그냥 지나치고 싶지 않은 눈치였다.

"일단 마을까지 가 보고 결정하지."

그들 부대도 벌써 동사자와 중병 낙오자 100여 명이 생겨 부대원이 400여 명으로 줄어 있었다.

"살기가 말이 아니지만, 한 끼라니 어찌해 봐야지요. 하고 싶어 하는 고생들도 아닌데."

장교에게 양곡권을 받아 든 이장의 마지못한 말이었다.

경비병이 하나씩 딸려 장정들은 집집마다 분산되었다. 긴 겨울을 살기 위해 거의가 곡식을 피 아끼듯 하며 시래기죽을 끓이고 있는 형편에 장정 팔구 명의 밥을 알곡으로 지어 낸다는 것은 눈 번히 뜨고 도둑맞는 것이나 마찬가지였다.

인솔 장교는 그 방법을 계속 쓸 작정이었다. 그러나 다른 인솔 장교들도 곧 그 방법을 쓰게 되었고, 며칠이 못 가 마을에서도 밥을 얻어먹기 어렵게 되고 말았다.

날이 갈수록 사람들은 국민방위군을 도둑 떼로 여겼다. 부대원들이 마을에서 물건을 훔치게 되었던 것이다. 송성일도 생전 처음 남의 물건에 손을 대 목도리와 개털 모자를 구했다. 네댓 명이 가게로 몰려가 앞에서 물건을 사는 척 소란을 피우고 뒤에서 물건을 훔치기도 했다.

장정들은 좀도둑질까지 해 가며 배고픔과 추위에 맞섰지만 근본적인 대책이 없는 상태에서 그들은 계속 허기에 지치고 추위에 떨었으며, 손발의 동상은 심해질 뿐이었다.

송성일은 그저 죽은 듯이 참고 견디며 탈출 기회만 노렸다. 그런 식으로 가다가는 목적지에 다다르기도 전에 죽고 말 거라는 생각이었다. 얼어 죽는 사람이 생길 때마다 그 생각은 자꾸 커져 갔다. 정부가 그렇게까지 무계획하고 무책임한 줄은 상상도 못했다. 정부의 그런 처사는 명백한 살인 행위였다. 그로서는 그런 국가, 그런 정부, 그런 정권을 위해 목숨을 걸고 싸울 이유를 찾을 수 없었다. 군인들은 탈출하면 무조건 사살한다고 경고했다. 하지만 이 죽음의 행렬을 따라가며 서서히 죽어 가느니 차라리 탈출하다 총을 맞아 죽는 것이 낫다 싶었다.

부대는 대전을 거쳐 옥천으로 가고 있었다. 날씨는 이가 갈리도록 추웠고, 혼수상태에 빠진 환자들은 날마다 버려지듯 낙오되고 있었다.

옥천에서는 밥은 물론이고 교실 맨바닥이나마 잠자리를 얻지 못했다. 먼저 도착한 두 부대가 교실을 다 차지하고 있었던 것이다. 잠자리보다 급한 건 밥이었다. 장교와 상사가 어디로 가고, 그들 부대원들은 어두운 운동장에 소대별로 모여 불을 피웠다. 책걸상은 하나도 남아 있지 않아 변소의 판자벽이며 문짝, 관사의 울타리 같은 것을 닥치는 대로 뜯어다가 태웠다. 교장이나 교감은 그런 행위를 그저 멍하니 바라보고만 있었다. 불길이 약해지자 또 땔감을 구해 와야 했다. 송성일 분대 차례가 돌아왔다. 그들은 학교 뒤로 돌아갔다. 그런데 이게 어쩐 일인가. 경비병이 따라오지 않은 것이다. 하늘이 돕는구나! 송성일은 주먹을 불끈 쥐었다. 그는 땔감을 찾아 흩어지는 동료들을 경계하며 재빨리 어둠 속으로 몸을 감추었다.

그즈음 아무 대책 없이 국민방위군을 편성한 정부에 비난의 여론이 일었다. 그리고 국민방위군 대열을 '죽음의 대열', '해골의 대열'이라고 불렀다.

1951년 1월 3일 대한민국 정부는 다시 부산으로 갔다. 그날 눈발이 휘날리는 속에 서울 시민 30여만 명이 한강의 얼음판을 밟고 서울을 떠났다. 그리고 다음 날 인민군이 다시 서울로 들어왔다.

이학송이 서울에 도착한 날은 6일이었다. 매서운 추위 속에 버려진 듯 상처 입은 서울을 보자 집 생각이 더욱 간절했다. 떠날 때 소식 한 가닥 남기지 않고는 뒤늦게 돌아와 다급해하는 건 어찌 보면 무책임한 일일지 몰랐다. 그러나 압록강을 건너갔다 돌아올 때까지 아내와 세 자식은 늘 슬픈 안개로 그의 마음을 채우고 있었다.

사무적인 보고를 끝내자 서울에 집이 있는 사람들에게 자유 시간이 주어졌다. 이학송은 헉헉거리며 추위를 헤쳐 갔다. 아내의 얼굴과 아이들의 해맑은 모습이 눈앞에 선연했다. 무사하기나 한지, 뭘 먹고 살았는지……. 그동안 잊으려 애쓰던 생각들이 앞다투어 일어났다. 광화문에서 출발할 때는 추웠는데 종로5가에 이르자 가슴팍에 땀이 배어났다. 동대문을 지나면서 마지막 취재를 하던 그날이 떠올랐다. 잠깐이나마 집에 들르고 싶은 간절함을 접으며 발길을 돌렸고, 그대로 후퇴로 이어지고 말았다. 신설동에 접어들면서 뛰기 시작해서 낯익은 골목 어귀에서 멈추었다. 세 아이가 깔깔거리며 뛰어오는 것만 같았다. 골목의 집들은 별로 상한 데 없이 그대로였다. 변두리라 폭격의 피해를 입지 않은 것이었다. 한결 마음이 가라앉았다.

이학송은 자기 집이 있는 샛골목으로 꺾어 돌았다. 네 번째 집, 가슴에 섬뜩하게 찬바람이 일었다. 네 번째 집 대문이 바깥으로 젖혀진 채 비스듬히 기울어 있었다. 대문의 그 모양새는 사람이 살고 있지 않다는 뜻이었다. 더구나 아내의 깔끔한 성미를 생각하면 있을 수 없는 일이었다.

정말 이것들이 어떻게 됐단 말인가! 이학송은 가슴이 컥 막힌 채 집으로 내달았다. 대문으로 몸을 디민 그는 멈칫 섰다. 마당에는 부서진 살림살이와 휴지 나부랭이들이 뒤섞여 어지러웠고, 마루에 달린 네모 창살의 유리문은 열어 젖혀진 채 유리가 깨져 있었다. 그건 집 안을 휩쓸고 간 폭력의 모습이고, 식구들이 당한 수난의 모습이었다. 이학송은 휘청거리며 마당을 가로질렀다. 마루에 먼지가 자욱했다. 먼지의 두께가 집을 비운 지 오래되었음을 말하고 있었다. 문득 마루를 걸레질하는 아내의 모습이 떠올랐다. 셋방살이를 면하고 변두리의 이 집을 장만했을 때 아내는 얼마나 기뻐했던가. 아내는 온 집 안을 쓸고 닦기에 분주했다. 특히 마루를 간수하는 열성은 지나칠 정도였다. 티끌 하나 떨어져 있는 것도 보지 않으려 했다.

이학송은 안방으로 걸음을 옮겼다. 닫힌 미닫이문의 창호지는 뺑뺑 구멍이 뚫려 있었고, 창살도 더러 부러져 있었다. 방문을 옆으로 밀었다. 장롱은 열어 젖혀진 채 옷가지들이 방바닥에 흩어져 있고, 아내의 경대 거울은 산산조각 나 있었다. 자신의 앉은뱅이책상 위에 놓였던 책들은 방바닥에 흩어져 있었다. 아들이 쓰던 건넌방으로 가 보았다. 안방처럼 어질러져 있지는 않았다. 책상 위에 놓인 책꽂이에 공책이 가지런히 꽂혀 있었다. 딸아이가 쓰던 옆방으로 갔다. 그 방도 딸아이가 쓰던 그대로였다. 창에는 커튼이 그대로 걸려 있었다. 국민학교 1학년짜리의 성화에 못 이겨 아내가 난생처음 만든 커튼이었다. 싱그러운 딸아이의 냄새가

물큰 풍겨 오며 콧등이 찡 울렸다. 그리고 네 살 난 막내아들의
모습이 울음을 밀어 올리고 있었다. 막내아들은 어렸던 탓에 엄
마의 품과 등에 매달려 사느라 자신과는 미처 깊은 정이 엮일 틈
도 없었다. 이것들이 도대체 어디로 갔단 말인가……. 삼킨 울음
덩이로 목이 막혀 왔다.

　이학송은 대청마루를 내려섰다. 눈물방울이 뚝 떨어졌다. 손등
으로 눈을 문지르며 마당으로 내려섰다. 잡동사니들 속에서 언뜻

팽이가 눈에 띄었다. 2년 전에 아들과 함께 깎은 팽이였다. 아들은 팽이 꽁지에 못을 박기 싫어했다. 못대가리로는 팽이가 잘 돌지 않고, 싸움에서도 지기만 한다면서 한사코 쇠구슬을 박아 달라고 했다. 쇠구슬은 구하기 쉽지 않다고 했지만 "아빠가 하려고만 하면 안 되는 게 어딨어요, 이 세상에."라며 입을 삐쭉거렸다. 그래서 별수 없이 기계 부속상을 찾아 베어링에서 나온 쇠구슬을 구해 왔다. 싸움이 붙었다 하면 판판이 이기는 '무적의 왕'이라며 아들은 그 팽이를 자랑하고, 아꼈다. 팽이에는 눈이 빠진 듯 쇠구슬이 어디로 가고 없었다. 팽이 머리에는 아들이 정성 들여 칠했을 색색의 크레용 동그라미들이 흙이 묻은 채 제 색깔을 잃고 있었다. 그는 팽이를 주머니에 넣었다.

대문을 나선 그는 잠시 망설이다가 앞집 대문에서 걸음을 멈추었다.

"여보세요, 여보세요!"

그는 목청을 높였다. 안에서는 아무 기척이 없었다.

"여보세요, 누구 안 계십니까!"

그는 대문을 쾅쾅 쳐 댔다.

"누구시유."

안에서 들려온 여자 노인의 목소리였다. 그의 얼굴에 반가움이 드러났다. 서로 내왕하던 할머니였다.

"네, 뒷집 태기 아빱니다."

그의 목소리가 떨려 나왔다.

"누구? 태기 아빠! 아이고……."

노인네의 다급한 소리에 이어 신발 끄는 소리가 들렸다.

"아이고, 이리 늦게 오면 무슨 소용이 있소."

노인네가 대문을 열어 젖히며 한 말이었다.

"무슨 일 있었습니까!"

그는 인사를 차릴 새도 없이 물었다.

"잡혀갔지요, 잡혀가……."

노인네가 고개를 저었다.

"애들까지 말입니까?"

"아니, 태기 엄마만 잡혀갔는데, 이튿날 어린것들 셋이 엄마 찾겠다구 집을 떠났다지 않우. 난 애들이 떠난 담에야 알았는데, 내가 알았으면 말렸을 텐데……."

그는 대문의 기둥을 붙들었다.

"그리고…… 안 돌아온 겁니까?"

그는 짐작은 하면서도 그 말을 마저 묻지 않을 수 없었다.

"어린것들이 어디로 갔는지……. 태기 엄마도, 애들도 종무소식이우. 애들이라도 살아 있어야 할 텐데……."

노인의 눈에 눈물이 번졌다.

이학송이 김범우를 만난 것은 이틀 뒤였다. 인민군복 차림의 김범우가 신문사로 찾아온 것이었다.

"이 선배님, 저 김범웁니다."

김범우의 말에 글을 쓰고 있던 이학송은 고개를 들었고, 잠시 어리둥절하다가 벌떡 몸을 일으켰다.

"아니 이게 누구야, 김 형!"

그의 목소리는 마치 울부짖는 것 같았다.

"무사하셨군요."

김범우가 환하게 웃으며 다가섰다. 이학송이 김범우를 덥석 끌어안았다. 이학송은 집에 다녀온 뒤로 줄곧 깊은 괴로움에 빠져 있다가 뜻밖에 김범우를 만나게 되자 감정에 격랑이 일었던 것이다.

"이 사람, 이게 어떻게 된 거요?"

이학송이 팔을 풀며 김범우를 깊은 눈길로 바라보았다.

"내래 피양서 왔시요."

김범우가 씨익 웃으며 자신의 인민군복을 가리켰다.

전남도당에는 총출동령이 내려져 있었다. 그에 따라 모든 지구는 하산 준비를 완료하고 병력을 이동시키고 있었다. 염상진은 총사의 병력을 이끌고 백아산 지구 일부 병력과 함께 광주 무등산 주변에 병력을 배치했다.

조원제가 염상진을 다시 만난 것도 이때였다. 광주를 재점령하기 위한 선발대에 조원제네 부대도 포함되었던 것이다. 조원제는 총사 부사령관이 된 염상진을 그냥 지나칠 수 없었다.

"부사령관 동지, 안녕허십니까!"

조원제는 염상진 앞에 똑바로 서며 거수경례를 붙였다.

"아니, 이게 누구요? 조, 조, 그렇지, 조원제 동무!"

염상진이 반갑게 손을 내밀었다. 조원제는 악수를 나누며 어안이 벙벙했다. 그가 자신을 알아보면 다행이고, 몰라보면 그의 기억을 깨우쳐 줄 작정을 하고 찾아왔던 것이다.

"어찌 제 이름까지 다 기억허시고……"

조원제는 염상진의 비상함에 혀를 내두르는 한편 적잖이 감격했다.

"우리가 만난 게 좀 색달랐고, 얼마 되지 않은 일이니 당연한 일 아니오." 염상진은 예사롭게 말하고는 "조 동무가 여기 있을 줄 몰랐소. 그래, 무슨 임무를 맡고 있소?"라며 친근하게 물었다.

"예, 정보과 분트에 있구만요."

"아, 조 동무한테 어울리는 일 같소. 이제 그 임무도 끝나 가는데, 앞으로 할 일은 결정됐소?"

"예, 당에서 김일성대학으로 진학하라는 분류를 받았습니다."

"그것 참 잘됐소. 축하하오. 조 동무 같은 사람은 공부를 더 해야 하오."

염상진은 무척 기뻐했다. 조원제도 당의 결정을 고마워하며, 그 대학에 갈 꿈에 부풀어 있었다.

당에서는 하산에 대비해 입산자들의 임무를 다시 분류하는 신속성을 보였다. 그에 따라 입산자들은 새롭게 마음을 가다듬었고, 하산의 기쁨과 열기는 해방구마다 넘치고 있었다.

6

빨치산, 그 이름 없는 사람들의 진정성

더 부서질 게 없다시피 한 인천이 다시 불바다가 되었고, 뒤따라 서울도 불바다가 되었다. 비행기가 서울을 무차별 폭격하는 정도는 작년 9월보다 몇 갑절 심했다. 1월이 끝나 가는 추위 속에서 서울은 며칠 동안 폭탄 세례를 받으며 불길에 휩싸였다. 그곳에서 얼마나 많은 사람이 죽어 가고 있는지는 아무도 알 수 없었다. 미군 비행기들은 독판을 치고 날아다니며 미친 것처럼 폭탄을 퍼부었고, 김포 쪽에서 수없이 날아드는 폭탄도 한몫을 거들고 있었다. 26일에 다시 인천 상륙을 감행한 지상 병력의 공격이었다.

《해방일보》는 다시 후퇴를 서둘렀다. 작년 9월처럼 폭격을 피해 변두리로 옮긴 신문사 안은 어수선했다.

"이 동무, 어떡하시겠어요!"

귓속을 파고드는 여자의 음성이었다. 바삐 짐을 챙기던 이학송이 허리를 폈다. 귓속말을 한 김미선도 황급히 몸을 바로 세웠다.

입을 꾹 다문 이학송은 김미선을 정면으로 보았다. 그를 올려다보는 김미선의 얼굴에 괴로움이 드러났다. 그녀가 귀에 대고 말을 해 오는 순간 이학송의 뇌리에 퍼뜩 떠오른 것은 두 가지였다. 굶주림 때문에 뼈만 앙상하게 남은 그녀의 두 아이였고, '저는 못 가겠는데……' 하는 생략된 말이었다.

"나는…… 가야겠습니다."

이학송은 그 말을 해 놓고 마른침을 삼켰다. 김미선의 눈빛이 흔들리며 무슨 말인가 하려고 했다. 그러나 그녀는 곧 눈길을 떨구며 "네, 알았어요."라고 말하고는 돌아섰다.

이학송은 멀어지는 그녀의 뒷모습을 물끄러미 바라보며 한숨을 내뱉었다. 그녀가 하려다 만 말이 들려왔다. '아이들 찾기를 단념하셨나요?' 그녀가 이 말을 참아 낸 것은 자신의 괴로움을 건드리지 않으려는 것이었을 것이다.

김미선은 열사흘 뒤에 서울로 돌아왔다. 이학송이 세 아이를 찾으려고 일과만 끝나면 서울 시내를 미친 듯이 헤집고 다니던 참이었다. 부역자나 그 가족을 단심제로 처단했으니 그때까지 소식이 없는 아내는 이미 포기한 상태였다. 그러나 엄마를 찾겠다고 나간 세 아이를 찾지 않을 수는 없었다. 그는 시당에 특별히 부탁도 했고, 부모 잃은 아이들을 모아 놓은 곳을 찾아 허덕거리고 다녔다. 그 어린것들을 생각하면 한순간인들 살아 있고 싶지 않았다. 피가 타고 살이 꼬이는 괴로움으로 그는 나날이 메말라 갔다. 비록 기아 상태에 빠져 있기는 했지만 두 아이가 친정어머니의 손에 무사히 지켜진 것을 확인한 김미선은 그의 괴로움을 덜어 주려 애썼다. 그녀도 그의 아이들을 찾아 나섰던 것이다.

"일 끝나는 대로 집으로 가세요. 엄마와 오래 떨어져 지낸 애들이 얼마나 기다리겠어요."

"저나 애들이나 서로 품고 자는 것만으로도 충분해요. 제가 괴로워서 하는 일이니까 너무 마음 쓰지 마세요."

그러나 세 아이는 찾지 못했고, 다시 서울을 떠나게 되고 말았다. 김미선은 그 엇갈림길에서 마음의 동요를 일으키고 있는 게 분명했다.

사무실의 소란은 더 심해지고 있었다. 사람들이 지시하고 응답하는 소리들이 뒤엉키고, 책상 밀어붙이는 소리나 걸상 넘어지는 소리가 요란하게 울렸다.

김미선은 그 소란 속을 걸어갔다. 그녀가 걸어가는 쪽에 이원조가 창밖을 내다보고 서 있었다. 그녀가 이원조 앞에 멈춰 섰다.

그녀를 알아본 이원조의 얼굴에 웃음기가 떠올랐다. 그녀의 물기 젖은 눈은 무슨 애절한 말을 담고 있었다. 그녀의 말을 듣는 이원조의 눈이 느리게 감겼다. 그리고 눈을 다시 느리게 뜨고는 그저 담담하게 무어라고 말했다. 그러고는 아까처럼 창 쪽으로 고개를 돌렸다. 그녀도 소리 없이 돌아서서 서두르는 기색 없이 밖으로 나갔다.

그들 두 사람의 소리 없는 대화를 목격한 사람은 이학송뿐이었다. 적진에서 부디 무사하시오……. 이학송은 눈을 감았다. 통화를 먼저 떠나면서는 그녀가 우는 모습을 차마 볼 수 없어 자신이 뒤돌아보지 않았고, 이제 그녀가 두 아이 곁으로 돌아가면서 뒤돌아보지 않았다. 그는 소각할 종이 뭉치를 한 아름 끌어안았다. 그래, 얼어 죽었거나 굶어 죽었을 거야……. 그는 그동안 애써 피해 온 생각을 가슴에 못을 치듯 분명하게 정리했다. 세 아이의 모습이 왈칵 밀려들었다. 현기증과 함께 울음 덩이가 치밀었다.

"이 동무, 빨리빨리 합시다. 곧 출발하는 모양이오."

이학송은 종이 뭉치를 안고 밖으로 나갔다. 담 옆에서 종이가 타고 있었다. 그는 불길 속에 안고 온 종이 뭉치를 던졌다. 서울로 돌아와 해방전쟁의 승리를 위해 열성적으로 기록했던 것들이 불길로 변해 가고 있었다. 그 불길이 민족 통일의 역사, 인민 해방의 역사가 좌절되고 있는 상징으로 느껴졌다.

"이대로 가면 양키들을 곧 몰아낼 수 있을 겁니다."

남진하는 부대를 따라 서울을 떠나기 직전에 김범우가 찾아와 한 말이었다. 그는 어느 때 없이 미군에 대해 자신감을 보였다. 그런데 그들은 다시 서울을 무자비하게 쑥밭을 만들고 있었다. 그들의 무차별 폭격은 그야말로 자기네 이익을 위해서는 수단 방법을 가리지 않는 제국주의적 잔학이고, 발악이었다. 그들의 무자비한 초토화 작전에 박수를 보내고 있는 인간들은 이미 서울을 떠나 이승만 정권을 에워싼 채 덕을 보고 있는 친일 반민족 세력들과 새롭게 생겨난 기회주의자들뿐이었다.

"이 동무, 안으로 들어오시오. 곧 출발이오!"

이학송은 몸을 돌리며 오른손이 주머니로 들어갔다. 손에 팽이가 잡혔다. 그래, 가야지. 그는 팽이를 꼬옥 쥐며 마음을 다잡았다. 2월 7일이 저물고 있었다.

"대장님, 큰일났습니다!"

부관이 뛰어들며 토해 낸 말이었다.

"또 무슨 일이오?"

심재모는 퉁명스럽게 말하며 고개를 돌렸다.

"예, 장정들이 데모를 시작했습니다."

"데모?"

심재모는 문득 긴장했다.

"예, 우리는 짐승이 아니다 급식을 제대로 하라, 우리는 개죽음할 수 없다 약품을 조달하라, 이렇게 외치고 있습니다."

"그 수가 얼마나 되오?"

"장정 전원입니다."

심재모는 마음이 무거워졌다. 올 것이 왔고, 수습책은 떠오르지 않았다.

"지금 어떤 상태에 있소?"

"소대마다 막사 밖으로 나오지 못하게 문을 철저히 통제하고 있습니다."

"그러지 말고 모두 연병장에 집합시키시오."

"아니, 어떻게 하시려구요? 무슨 좋은 해결책이 있으십니까?"

부관의 얼굴에 의문과 기대가 엇갈렸다.

"일단 집합이나 시키시오."

심재모는 명령을 내리고 등을 돌렸다.

정규 훈련소에서 방위군 교육대로 옮겨 오자 온갖 문제점이 그를 기다리고 있었다. 말이 좋아 교육대장이지 그것은 좌천이었다. 소위의 구타 살인 사건은 결국 흐지부지 묻혔지만, 자신의 전출은 그 문제 때문이었다. 참모부의 장교들에게 떠밀려 난 것이었다.

"축하하오. 계급은 달라도 심 소령은 나와 똑같은 직책인 교육대장으로 영전하는 거요."

훈련소장이 껄껄거리며 웃었다.

"군대에서 폭력 행위는 꼭 근절되어야 합니다."

심재모는 훈련소장의 눈을 보며 이 말을 똑똑하게 했다. 그러면서 속으로는, 이 돼먹지 못한 관동군 출신 놈들아! 하고 부르짖고 있었다.

"아, 좋소, 좋아."

훈련소장은 얼굴이 굳은 채 더 큰 소리로 껄껄거렸다.

국민방위군 교육대는 훈련소가 아니라 난민 수용소나 병자 수용소라는 것이 옳았다. 모두가 영양실조인 데다가, 반 이상이 동상 환자였다. 세끼 밥이 제대로 지급되지 않았고, 피복도 지급되지 않았으며, 잠자리와 의무 시설도 제대로 갖추어져 있지 않았다. 심재모는 그저 망연자실할 뿐이었다. 그가 해야 할 일은 교육대장의 임무가 아니라 난민 수용소장의 임무였다. 그의 일과는 상부에 전화를 걸어 급식과 난방과 의료 시설을 해결해 달라고 독촉하는 것이었다. 그러나 상부의 응답은 늘 '예산이 없다.'였다. 그런 가운데 동상자들의 증세는 날로 심해져 갔고, 죽는 사람들까지 생겨나기 시작했다.

"곧 조처가 내려올 테니 조금만 더 참고 기다립시다. 지금 일선에서 죽어 가는 사람들에 비하면 우리 고생은 좀 나은 편 아닙니까."

심재모는 부지런히 막사를 돌며 장정들을 다독거렸고, 전화질을 하기에도 지쳐 직접 상부를 찾아갔다.

"치료를 해 줄 수 없다면 동상자와 병자는 바로 귀향 조처를 취해야 합니다. 훈련도 받을 수 없는 사람을 더 붙들어 둬 봐야 자꾸 사망자만 늘게 됩니다."

이런 의견을 제시했지만 아무 조처도 취해지지 않았다. 그런데 어느 교육대에서 집단 탈출극을 벌였다는 소문이 들려왔다. 총격을 가하고, 사상자가 발생하면서 집단 탈출은 진압되었다.

"나는 여러분이 당하고 있는 고통을 누구보다 잘 압니다. 그래서 문제를 해결하기 위해 상부를 상대로 최선을 다하고 있습니다. 참는 김에 조금만 더 참고, 우리 교육대에서는 집단 탈출 같은 불상사가 일어나지 않기를 당부합니다."

심재모는 집단 탈출 사건을 감추지 않고, 공개해서 그런 일을 예방하고자 했다.

얼마 뒤에 예산이 국회를 통과했다는 소식을 들려왔다. 심재모가 완전히 울화통이 터진 것은 며칠이 지나 예산 내역을 알고 나서였다.

방위군 총인원을 50만 명으로 보고, 하루 식량을 1인당 네 홉, 취사용 연료비 40원, 잡비를 10원으로 계산하여 1월부터 3개월

간의 총액 209억 원이 책정되었던 것이다.

예산 내역은 그게 다였다. 당연히 있어야 할 부식비·난방 연료비·의료비·피복비·훈련비·부대 운영비는 아예 없었다. 반찬 없이 밥만 씹고, 천막에서 얼어 죽든 말든 알 바 아니라는 식이었다. 그리고 더 중요한 문제는 하루 1인당 네 홉이라는 급식량이었다. 전쟁 포로들에게도 하루 급식량은 다섯 홉이었다.

장정들이 들고일어난 것은 당연한 일인지도 몰랐다. 그들은 그런 세부 내용은 모른 채 예산이 국회를 통과했다는 사실은 알고 있었다. 그런데 아무리 기다려도 개선되는 것이 없자 행동에 나선 것이었다.

심재모는 사무실을 나섰다. 연병장에는 장정들이 줄을 서고 있었다. 거지 떼나 다름없는 그 몰골을 심재모는 죄스러운 마음으로 바라보았다. 법의 이름으로 저런 참상을 빚고 있는 것은 누구의 책임인가. 군인도 아니면서 군인들의 통제 아래 죽어 간 수많은 목숨은 어떻게 보상될 것인가. 정부는 공공연한 살인 행위를 저지른 것이었다. 중공군의 개입이 국민방위군을 창설한 이유는 될 수 있어도, 그런 살인 행위까지 합리화할 수 있는 근거는 아니었다.

"대장님, 집합 완료했습니다."

부관이 경례를 붙였다.

심재모는 천천히 구령대로 올라섰다. 또다시 거짓말을 해야 한다는 생각에 숨을 깊이 들이켰다. 데모를 벌였던 사람들답지 않게 조용한 것이 고맙고도 미안했다. 그들의 그런 질서 유지가 자신에 대한 신뢰의 표현임을 그는 느끼고 있었다.

"여러분의 요구 사항은 잘 알고 있습니다. 그건 곧 내가 상부에 계속 요구해 온 것과 같습니다. 그리고 여러분의 집단행동도 충분히 이해합니다. 여러분의 고통을 해결하려고 지금까지 내 나름으로 최선을 다해 왔습니다. 그러나 노력에 비해 별 효과가 없었고, 자꾸 거짓말만 한 결과가 되고 말았습니다. 정말 미안합니다. 그러나 우리 교육대 장교들이 몇 푼 안 되는 월급을 털어 여러분의 고통을 천만 분의 일이라도 덜어 드리려고 노력한 진정은 이해해 주십시오. 여러분, 예산이 통과되었으니 이제 집행될 날이 머지않았습니다. 나를 비롯한 장교들과 사병 모두는 여러분 편입니다. 우리 교육대에 구타가 없는 것은 잘 아시지 않습니까? 여러분, 집단행동은 일을 해결하지 못합니다. 나는 또 상부를 찾아가겠습니다. 내 진심을 믿고 며칠만 더 기다려 주십시오. 나는 여러분을 믿습니다. 이상입니다."

심재모가 구령대를 내려가자 장정들은 말없이 소대별로 움직이기 시작했다.

그런데 예산이 집행되면서 부정이 시작되었다. 방위군 사령부에서 교육대에 예산을 주면서 허위 영수증을 요구했다. 1·2·3월치 3개월 예산 중에서 이미 날짜가 지난 1월 2월분을 착복하려는 것이었다.

부관에게 그 보고를 받은 심재모는 의자를 박차고 일어났다.

"뭐라고, 이런 개새끼들! 어떤 새끼가 그런 개소리를 쳐!"

얼굴이 하얗도록 흥분한 심재모는 의자고 책상이고 닥치는 대로 걷어찼다.

"대, 대장님, 진정하십시오."

부관이 두 팔을 엉거주춤 든 채 더듬거렸다.

"우리 교육댄 그따위 짓 절대로 못한다고 거부하시오!"

심재모가 숨을 몰아쉬며 내린 명령이었다.

"제가 안 된다고 말했지만 소용없었습니다. 상대방이 저보다 계급이 높아서……."

"알았소. 내가 사령부로 직접 가겠소."

심재모는 한숨을 토해 냈다. 이 벽을 뚫고 나갈 수 있을지, 아니면 자신이 또 튕겨질지 알 수 없었다. 비록 또 튕겨 나간다 해도 자신의 이름으로 허위 영수증을 써 줄 수는 없었다. 그 고통에 시달린 장정들을 생각해서도 그렇고, 가짜 영수증을 만들어 줘 그 부정에 동조할 수는 없었다.

"내 이름으로 수령하지 않은 영수증을 쓰는 것은 내가 바로 그

공금을 횡령했다는 게 됩니다. 나는 그런 터무니없는 죄를 뒤집어쓰고 싶지 않습니다."

심재모는 소령에게 단호하게 말했다.

"아참, 심 소령님한테 공금 횡령죄가 돌아갈까 걱정하는 건 하늘이 무너질까 봐 걱정하는 것이나 마찬가집니다. 소령님만 협조하시면 일은 감쪽같이 되게 돼 있습니다. 그리고 소령님이 협조하시면 군대 생활에 이익이 가지 손해가 가겠습니까?"

소령은 뒷말을 은근한 어조로 말했다.

"아니, 그게 무슨 말입니까?"

역겨움에 심재모의 얼굴이 찌푸려졌다.

"심 소령님이 방위군 교육대장이 된 건 운수 대통한 겁니다. 우리 이 분이 말입니다." 소령은 엄지손가락을 빳빳이 세워 보이고는 "저 위에, 그리고 더 그 위에 직통으로 통하고 있다는 것만 알아 두라 그 말입니다."라며 자못 거만스러운 표정을 지었다.

"무슨 뜻인지 잘 모르겠군요. 어쨌든 내 뜻은 전했으니 우리 부대 돈은 곧 지급해 주기 바랍니다."

심재모는 몸을 일으켰다.

"아니 심 소령, 정말 이러기요!"

소령이 몸을 벌떡 일으키며 내쏘았다.

"내 할 말은 다 했소."

심재모는 소령을 짧게 쏘아보고 몸을 돌렸다.

이틀 뒤에 심재모는 전출 명령서를 받아 들었다. 전출지는 싸움하기 어렵기로 소문난 동부전선이었다.

"이건 너무 심합니다. 대장님께서 협조하실 걸 그랬습니다. 동부전선이 지금 얼마나 위험합니까."

부관의 애타는 말이었다.

"괜찮소. 이런 진창 속에서 사느니 차라리 전선에서 지내는 게 편할 거요."

심재모는 무심히 말했다.

반쪽 달이 구름 사이로 떠가고 있었다. 너무 환하지도, 너무 어둡지도 않은 속에서 소대는 부지런히 움직였다.

"일 해치우기 딱 좋은 밤이시."

소대장 솥뚜껑이 톱을 든 손에 침을 튀기며 한 혼잣말이었다.

"전봇대를 자르는 것보다 올라가서 전선을 끊는 게 더 빠르지 않겠어요?"

톱으로 전봇대를 자르려 드는 솥뚜껑에게 손승호가 말했다.

"이, 그렇기는 혀도 우리가 일을 쉽게 하면 적들도 쉽게 줄을 잇지 않겄소?"

솥뚜껑의 말이었다.

"그렇겠군요."

손승호는 금방 동의했다.

"손 동무는 저쪽에서 보초 서고 있다가, 이따 부르면 와서 오줌이나 누씨요."

"오줌이요?"

"이따 알게 될 것잉게 얼렁 보초나 서씨요."

솥뚜껑이 씨익 웃으며 돌아서 다른 대원들에게 임무를 지시했다.

손승호는 대원들을 등지고 서서 전방에 눈길을 모았다. 자신에게 보초 임무를 맡기는 것은 솥뚜껑이 베푸는 호의이자 거절할 수 없는 명령이었다. 다른 대원들의 눈치가 보여 사양하면 '소대장의 명령'이라며 묵살했다. 그로서는 한문 선생에게 깍듯한 예절을 차리는 셈이었다. 상부에서 받은 오늘 밤의 과업은 전선을 300미터 정도 절단 제거하라는 것이었다. 그런데 솥뚜껑은 힘든 것을 무릅쓰며 전봇대까지 잘라 버릴 작정을 한 것이다. 솥뚜껑은 그런 사람이었다. 아니, 그런 빨치산이었다. 자신의 고달픔은 아랑곳하지 않고 어떡하든 조직의 이익에 봉사하려는 태도에 손승호는 그저 고개가 수그러질 뿐이었다. 혁명의 열정이 어떤 것인지, 혁명의 진정성이 무엇인지 그에게서 확인할 수 있었다. 구빨치 경력자인 그에게 소대장이란 직책은 어울리지 않았다. 도당 사

령부에서 그에게 맡기려던 직책도 소대장이 아니었다. 그런데 그
는 굳이 소대장을 맡았다. 높은 직책을 맡기에 자신은 모르는
게 너무 많다는 것이었다. 그의 진정 어린 겸손을 총사에서도 접
수했다. 직책 앞에서 겸손하기가 얼마나 어려운지 손승호는 잘
알고 있었다. 그의 겸손이 머슴 출신이라는 열등감 때문이라고
생각할 수도 있었다. 그러나 열등감 때문이라면 그 반작
용으로 보통은 높은 직책을 탐하게 마련이었다.
그는 신분에 따른 열등감을 가지고 있지 않았다.
자신은 기본출로서 혁명의 주체 계급이며,

배우지 못한 것은 배우면 된다는 생각이 확고했다. 그러니까 그는 계급 혁명론을 통해서 열등감을 극복한 열렬한 공산주의자였다.

"손 동무, 저리 가서 오줌 좀 누시제라."

언제 다가왔는지 솥뚜껑이 나직이 말했다. 생각에 잠겨 있던 손승호는 뒷덜미가 섬뜩해지도록 놀랐다. 그러나 태연한 척했다. 솥뚜껑은 구빨치답게 언제나 발소리를 내지 않았고, 목소리도 나직했다.

"여기다 씨원허게 오줌을 누시씨요."

솥뚜껑이 톱질을 하고 있는 전봇대의 아랫부분을 가리켰다.

"여기다요?"

손승호는 난처한 얼굴로 솥뚜껑을 바라보았다.

"그래야 톱질 소리가 안 나는구만요. 대원들은 돌아가면서 다 누고 인제 손 동무 차례요."

손승호는 사람들 앞에서 오줌을 눌 자신이 없어서 한 말이었는데, 솥뚜껑은 그 이유를 댔다.

"그게 아니고, 이거 사람들 앞에서……."

손승호는 더 난색을 표하며 말을 얼버무렸다.

솥뚜껑은 쿡쿡 웃고는 "밤인 데다가 여자도 없는디 낯가리기는. 동무들, 절로 물러나서 쪼깐 숨 돌리더라고."라며 동지들을 멀어지게 했다.

"저 톱 꽂힌 자리다가 푸지게 누씨요."

솥뚜껑은 웃음 섞어 말하고는 돌아섰다.

손승호는 오줌이 마렵지 않았지만, 내가 오줌을 눠야 작전 수행을 제대로 할 수 있다고 생각하며 아랫배에 힘을 쓰고 또 썼다. 그러나 안타깝게도 오줌이 나오지 않았다.

"오줌이 안 마려운 갑제라?"

가까이 온 솥뚜껑의 물음이었다.

"예, 안 나오는데요."

"안 마려운데 억지로 눌 수야 없는 일잉께, 진작 말씀허실 것인디."

솥뚜껑이 한 말이었다.

그동안 자른 전봇대는 네 개였다. 네 개의 전봇대는 전선줄로 연결되어 밑이 잘렸는데도 넘어지지 않고 비스듬히 기울어 있었다. 필요한 만큼 전봇대를 더 자른 다음 양쪽의 전선줄을 끊어 버리면 잘린 전봇대들은 한꺼번에 곤두박일 판이었다.

적들이 그 전봇대를 새로 박고, 전선줄까지 이으려면 하루 이틀로 될 일이 아니었다. 통신이 단절된 그사이에 총사에서는 무슨 큰 작전을 전개할 참이었다. 지난해 12월부터 적들의 공격은 차츰 심해지기 시작했다. 경찰보다 군 병력이 공격을 주도하게 되면서 이쪽의 공격이 수비로 바뀔 수밖에 없었다. 임실과 순창 사이의 국도에서 적을 공격하던 초기의 적극 작전은 쓸 수가 없게 되었다. 군인은 경찰과 달리 몸을 사리지 않고 밀어붙이는 작전으로 나왔다. 화력을 앞세운 그 저돌성에 이쪽은 사상자가 늘었고 해방구도 위협당하기 시작했다. 군인들은 닥치는 대로 마을을 불 질렀다. 통비 마을의 소탕 작전인 초토화였다. 그런데 1월에는 군인들의 공격이 현저히 줄어들었다. 주 전선이 밀리는 탓이었다. 그와 반대로 이쪽의 기세는 불붙었다. 도당이 다시 전주로 옮겨 갈 꿈에 부풀어 있었다. 그런데 전선이 다시 북으로 밀리면서, 2월 들어 군인들이 공격에 열을 올리기 시작했다. 적들의 강력한 공격으로 해방구는 점점 줄고 있었다. 거기에 강력 대응하는 작전을 펼치기 위해 전선줄 절단 지시가 내려진 것이 틀림없었다.

쿵! 쿵!

땅 울리는 소리가 들려왔다. 마침내 전봇대들이 넘어갔다. 물러섰던 소대원들이 민첩하게 달려들어 넘어진 전봇대 사이의 전선줄을 끊었다. 손승호는 그 모습을 또 신선한 감동으로 바라보고 있었다. 그들은 언제나 한 덩어리로 뭉쳐 생각하고, 돕고, 싸웠다. 그는 입산을 하고 나서 그러한 인간 집단을 처음 보게 되었다. 서로 몸을 사리는 일도 없고, 서로 다투는 일도 없고, 서로 도와 가며 자기가 맡은 일을 다 해내며, 함께 목숨을 내걸고 싸우는 그들─. 그건 같은 목적을 두고 자각한 사람들만이 지어 낼 수 있는 아름다운 모습이었다. 나만이 아닌 모든 사람들의 삶을 위해 나선 자각과 그 행동. 손승호는 다섯 달의 산 생활을 통해 새롭게 태어난 자신을 보고 있었다.

"출발이시!"

솥뚜껑이 언제나처럼 앞장섰다. 소대원들은 일렬종대 4보 간격의 행군 대열을 이루며 신속하게 이동하기 시작했다.

야산 자락으로 접어들려면 개울둑을 타 넘어야 했다. 개울둑을 막 오르려던 솥뚜껑이 갑자기 몸을 바짝 낮추며 팔을 빠르게 흔들었다. 정지와 동시에 몸을 낮추라는 신호였다. 소대원들은 몸을 땅바닥에 납작 붙였다. 솥뚜껑이 개울둑 너머로 돌을 던졌다. 아니나 다를까, 돌 떨어지는 소리와 함께 타당탕탕 총소리가 울렸다.

"돌진!"

솥뚜껑이 외쳤고, 소대원들은 양쪽으로 흩어지며 내달았다. 적이 듣기에 '돌진'이라는 명령은 '후퇴'였고, 대원들은 제각기 흩어져 비상선을 찾아가게 되어 있었다. 미리 매복해 있는 적과 맞서 싸울 필요는 없었다. 적은 보나 마나 이쪽보다 수가 많을 테고, 유리한 지형을 확보하고 있을 것이었다.

손승호는 솥뚜껑의 뒤를 좇아 왼쪽 산자락을 밟으며 내달렸다.

총소리가 숨 가쁘게 울리고, 피웅·삐웅 총알 날아가는 소리가 허공에서 휘파람을 불었다. 그런 총알은 위험할 게 없었다. 적들은 이쪽의 동태를 파악하지 못하고 제멋대로 총을 쏘고 있는 것이 분명했다.

소대원들은 한 사람도 이상 없이 비상선으로 모였다.

"검은 개들이시."

솥뚜껑은 뚜벅 한마디 하고는 앞장섰다. 손승호는 고개를 내둘렀다. 자신은 정신없이 뛰기만 했는데 그는 어느새 적들이 경찰이라는 것을 파악하고 있었다. 아까 적정을 탐지한 것도 그랬다. 자신은 아무 낌새도 채지 못했는데 그는 정확하게 매복을 감지해냈다. 그는 야생동물과 같은 예리하고 기민한 청각과 후각 그리고 육감을 가지고 있었다.

"어떻게 그럴 수 있지요?"

"산 생활 허다 보면 시나브로 그리되는구먼요"

손승호의 물음에 솥뚜껑이 웃으며 뒷머리를 긁적였다.

"예, 말로 설명할 수 있는 일이 아니겠지요."

손승호는 고개를 주억거렸다.

솥뚜껑은 시원하게 말해 주지 못하는 것을 미안해하며, 군경한 테서는 비누 냄새·치분 냄새·궐련 냄새가 나고, 밑창 두꺼운 구두를 신었기 때문에 땅 밟는 소리, 돌 차는 소리가 잘 들린다고 했다. 반대로 빨치산한테서는 불 냄새·몸 냄새·잎담배 냄새가 나서 토벌대에게 들킬 수가 있다고 했다.

손승호가 중대 비트에 도착하니 뜻밖에도 총사의 전출 지시가 내려와 있었다. 자신을 연예대로 가라는 것이었다. 연예에는 소질도 재주도 없었다. 사범학교에서도 연극은 해 본 적이 없고, 노래나 풍금 치기는 겨우 수준을 지탱하는 정도였다.

솥뚜껑은 저녁에 닭을 다섯 마리 삶아 왔다. 소대원들이 모두 둘러앉았다.

"섭헌 맘으로야 소를 잡어야 헐 일인디, 보잘 것이 없소."

솥뚜껑의 나직한 말이었다.

"무슨 말씸입니까. 이리 애쓰시지 않아도 되는걸요."

손승호의 말은 입 끝에 걸린 예의가 아니었다. 해방구를 장악하고 있다고는 하나 닭 다섯 마리를 차려 낸다는 것은 보통 애를 써서 될 일이 아니었다. 손승호는 가슴이 먹먹했다. 술도 노래도 없는 이별연은 담담하게 시작되어 담담하게 끝났다.

"원체 손 선생님 같은 분이 화선 투쟁에 나선 것이 잘못된 일이구만요. 재목도 쓸 데가 다 제각각인디 사람이야 더 말헐 것 있간디요."

단둘이 남게 되자 솥뚜껑이 한 말이었다. '동무'가 아니고 '선생님'이란 호칭이 가슴을 찔러 왔다.

"아닙니다, 명령에 따라 가긴 가지만, 솥뚜껑 동무 덕에 나도 화선 투쟁에 자신감을 갖게 되었소."

"손 동무 은혜야 평생 못 잊제라."

두 사람은 손을 맞잡았다.

손승호는 이튿날 아침을 먹자마자 길을 나섰다.

"이것으로 공부 열심히 하세요."

손승호는 그에게 만년필을 내밀었다.

"아니 손 동무……."

솥뚜껑은 주춤했다. 손승호는 그의 손에 만년필을 쥐어 주었다.

"손 동무……."

그의 눈에 눈물이 핑그르르 돌았다. 손승호도 콧날이 찡 울려 얼른 돌아섰다.

총사에서 손승호를 맞은 사람은 박두병이었다.

"손 동무, 고생 많았지요. 진작 가깝게 있고 싶었지만, 화선 경험이 산 생활에서는 필수적이라서요."

"예, 화선 투쟁을 보람 있게 생각합니다."

손승호는 솥뚜껑에게 했던 말을 또 했다.

"강인해 보이는 모습을 대하니 반갑소. 김범우가 손 동무 변한 모습을 보면 놀랄 거요."

박두병이 밝게 웃었다.

"기절할지도 모르지요. 그런데 저는 연예에 대해선 할 수 있는 게 없는데요."

손승호의 얼굴에 걱정스러움이 드러났다.

"원, 별걱정 다 하십니다. 손 동무의 문학 실력을 발휘해서 연극 대본도 쓰고, 우리의 현장 투쟁을 소재로 한 시도 쓰고, 할 일이 많지요."

"네에?"

손승호로서는 자신 없는 일이었다. 그러면서도 솥뚜껑에게 주고 온 만년필이 떠올랐다.

7

천점바구와 외서댁

동백꽃이 봉오리를 열었다, 매운바람 속에서. 아무도 눈여겨보는 이 없었다. 동백꽃이 지고 있었다, 피눈물을 뚝뚝 떨구듯 꽃송이째로. 눈여겨보는 이 아무도 없었다. 진달래가 동백꽃이 남긴 빈 꽃자리를 채웠다. 산자락에 진달래가 피고 있었다. 아무도 눈여겨보는 이 없었다.

그러나 그 꽃들이 벙글고 이우는 것을 눈물 어린 눈으로 보는 여인이 있었다. 소화였다. 동백의 선연한 핏빛 꽃잎이 예전에는 마음 빼앗는 고움이기는 했어도, 가슴 저리는 아픔은 아니었다. 꽃송이째 뚝뚝 떨어지는 동백꽃이 예전에는 마음을 허망하게는 했어도, 가슴 찢어지는 아픔은 아니었다.

전선이 다시 서울을 지나 아래로 내려온다는 소식과 함께 동백꽃은 벙글었다. 그 동백꽃을 바라보며 그분을 기다렸다. 여섯 달째 접어드는 그분의 아이와 함께. 그런데 전선이 다시 서울로 밀려 올라간다는 소식을 남긴 채 동백꽃은 이울어 갔다. 꽃송이째 뚝뚝 떨어지는 동백꽃은 그대로 자신의 피눈물이었다. 마침내 전선이 서울 위로 밀리고 있다는 소식을 진달래꽃이 가져왔다. 산자락을 따라 흐드러지게 피어나는 진달래꽃은 이제 소리 없는 통곡이었다.

"상심 마셔야제라. 뱃속 아그가 더 중헌께요."

들몰댁의 말이었다. 잇따라 군당 위원장 오판돌의 말도 생각났다.

"아그 잘 보존허는 것이 동무가 헐 중헌 투쟁이구만이라. 명념허시씨요."

오판돌 군당 위원장이 안전한 거처를 정해 준 뒤에, 애아버지가 그분임을 알고 한 말이었다.

소화는 흔들리는 마음을 다잡으려 했지만 쉽지 않았다. 나날이 커 가는 아이와 함께 치르는 기다림인 탓인지도 몰랐다. 부른 배를 하루빨리 그분에게 보여 주고 싶은 마음은 한없는 기쁨이면서, 한없는 부끄러움이었다. 그 기쁨과 부끄러움이 꿈으로 끝나자, 기다림은 그대로 아픔이 되어 버렸다.

소화는 마음을 다잡으려 옷 짓기에 더 열중했다. 바늘을 한 땀이라도 더 뜨는 것이 자신에게 맡겨진 혁명 사업이었다. 자신은 엄연히 후방부 대원이었다.

"투쟁은 산에서만 하는 게 아닙니다. 은신하면서 후방부 사업을 계속하세요. 아이를 순산한 다음에 다시 만나요. 소화 동무의 깊은 마음을 믿습니다."

산을 내려오기 전에 이지숙이 한 말이었다. 그렇게 마음 써 준 이지숙이 더없이 고마우면서도, 그녀의 곁을 떠나야 한다는 서운함은 따로 남았었다.

바느질을 거의 해 본 적이 없는 소화는 수없이 손톱 밑을 찔려 가면서도 정신을 모았다. 자신이 한 땀, 한 땀 뜨는 바느질이 바로 그분이 목숨 내걸고 하는 일과 같고, 적과 싸우는 전사들의 몸을 따뜻하게 감싸는 혁명 사업이라는 굳은 믿음과 함께.

"후방부 사업도 화선 투쟁과 똑같은 혁명 투쟁입니다. 후방부 사업 없이 어떻게 전사들이 화선 투쟁을 전개할 수 있겠습니까. 여러분의 바느질은 미 제국주의자들과 그 앞잡이인 민족 반역 세력 이승만 일당을 무찌르고, 우리가 주인 되는 세상을 만들어 가는 일입니다."

이지숙이 학습을 통해서 말한 한 대목이었다.

후방부의 여자들은 이지숙의 그런 말을 들으며 바느질이 하찮은 일이 아니라는 것을 깨달아 갔다. 소화도 마찬가지였다. 그것 말고도 자신이 세상을 새롭게 보는 눈을 갖게 된 데는 또 한 가지 계기가 있었다. 입산자들 중에는 머슴·대장장이·백정·선소리꾼에 무당의 자식들까지 수두룩했다. 그들은 아무 죄 없이 천대받고 살아온 사람들이었다. 그런데 기본출이라고 부르는 그 사람들은 당당히 사람대접을 받으며 행세하고 있었다. 그들을 보며 자신도 남자라면 총을 들고 앞에 나서고 싶도록 가슴이 떨려 왔다. 아니, 임신만 하지 않았다면 외서댁처럼 했을지도 몰랐다.

"내가 입산헌 것은 남편 웬수 갚고 죽자는 것이요. 긍께로 총 들고 싸우게 혀 주씨요."

외서댁이 이지숙에게 한 말이었다.

"동무의 마음 알겠어요. 그러나 혁명 투쟁은 사사로운 원수를 갚는 일이 아닙니다."

이지숙의 엄한 말이었다.

"남편 웬수만 갚자는 것이 아니라, 웬수도 갚으면서 남편 몫까지 헐라는 것이구만요. 웬수만 갚자면 염상구 놈 죽이고 나도 죽으면 되지 뭐허러 입산혔을 것이요."

외서댁의 말은 다부졌다.

"동무는 남편이 아닌 혁명 전사 강동식 동무가 이루고자 한 일이 무엇인지 알고 있습니까?"

이지숙의 얼굴에는 웃음기가 사라져 있었다.

"말로는 다 못혀도 맘으로야 알고 있구만이라. 앞으로 학습을 착실히 받으면 더 잘 알 것이고라."

"그건 맞는 말이에요. 그런데 화선 투쟁이 얼마나 어려운지 압니까? 언제 죽을지 모르고, 남자들과 똑같이 산을 타야 하고, 한뎃잠을 자야 하고, 굶기도 해야 합니다."

"남편이 견딘 일을 나라고 못 견딜랍디여."

외서댁은 전혀 물러설 기세가 아니었다.

"잘 알겠어요. 동무의 요구를 일단 접수하고, 곧 결말짓도록 하겠어요."

물러선 건 이지숙이었다.

소화는 외서댁을 다시 보지 않을 수 없었다.

외서댁은 이틀 뒤에 후방부를 떠났다. 군사학교로 가서 훈련을 마치고 부대에 배치된다고 했다.

"동무들, 잘 있으씨요. 나는 인제 총을 쏘는 여자 빨갱이가 된당께라."

외서댁이 환하게 웃는 얼굴로 떠나며 남긴 말이었다. 여자들은 그 모습을 보며 혀를 내둘렀다.

소화는 허리를 펴며 오른손을 주먹 쥐어 왼쪽 어깨를 콩콩 두들겼다. 오랫동안 움직이지 않아야 하는 바느질은 온몸 마디마디를 굳게 만들고, 결리게 만들고, 저리게 만들었다.

소화는 지게문을 열어 보았다. 어느새 햇발이 걷혀 있었다. 들몰댁은 집주인과 함께 장을 보러 갔다. 선을 따라 산으로 보내려고 보는 장이었다. 산에서 필요한 물건은 많았다. 옷·약·소금·운동화·고무신…… 돈이 있다고 양껏 살 수도 없었다. 숨어 있는 감시의 눈을 피해 조금씩 사서 모아야 했다. 소금 한 말, 고무신 서너 켤레만 사도 덜컥 잡혀간다고 했다. 들몰댁이 그나마 나설 수 있는 것도 벌교가 아닌 탓이었다. 들몰댁은 두 아이와 자신의 해산 수발 때문에 산을 내려왔으면서도 아직 아이들을 데려오지 못했다. 오판돌 위원장의 말로는 감시가 심해 더 두고 봐야 한다고 했다.

잠시 후, 밖에서 인기척이 들렸다. 소화는 일감을 놓고 지게문을 밀쳤다.

"혼자 깝깝허셨제라?"

머리에 인 짐을 내리며 들몰댁이 반색했다.

"들몰댁이 없응께 일도 잘 안 되고 딴 생각만 나고 그요."

소화가 쪽마루로 나섰다. 치마를 입었는데도 불룩한 배가 드러났다.

"무슨 딴 일 없었제라?"

주인 남자가 낮은 소리로 물었다.

그때였다.

"꼼짝 말앗!"

총을 든 두 남자가 삽짝을 뛰어들며 외쳤다. 주인 내외와 소화·들몰댁은 하얗게 질려 버렸다.

"요런 빨갱이 연놈들, 손 뻔쩍 들어!"

한 사내가 총을 들이대며 소리쳤다. 네 사람은 팔을 번쩍 치켜들었다.

"고, 고것이 무슨 말이다요. 누가 빨갱이라고 그러시요, 시방?"

주인 남자가 간신히 말했다.

"요런 죽일 놈의 늙은이, 어디다 대고 개 같은 소리여!"

사내가 번개같이 총을 돌려 잡아 개머리판으로 주인 남자의 가슴팍을 내질렀다.

"어쿠!"

주인 남자가 푹 고꾸라졌다.

"워메 영감!"

주인 여자가 남편을 붙들며 주저앉았다.

"힝, 무당년까지 아지트를 틀고 앉았구만."

사내가 침을 뱉었다. 소화는 주춤 물러섰다. 저놈이 날 어떻게 알까. 여긴 복내면인데.

"하대치 마누라! 복내면으로 숨으면 괜찮을 줄 알았드랑가? 빨갱이들만 대가리 잘 돌리고, 경찰이나 청년방위대는 돌대가리인 줄 알았든갑제? 여기까지 말혔응께 내가 어디 사람인지 알겄제?"

소화도 들몰댁도 고개를 떨구었다.

손을 뒤로 묶인 네 사람은 삽짝을 나섰다. 이대로 죽을 수는 없다. 어떡하든 살아날 방도를 찾아야 한다. 그러나 소화의 눈앞에는 정하섭의 모습만 어른거릴 뿐 도움을 청할 사람은 떠오르지 않았다.

거창 양민 학살이 부산의 피난 정국에 회오리를 일으켰다. 국민방위군 사건으로 이미 소용돌이가 일어난 정국에 거창 양민 학살 사건은 또 하나의 태풍이었다. 국민방위군 사건은 이승만 정권에 불만을 품어 온 국민들이 일제히 원성을 터뜨리는 계기가 되었다. 사망자와 행방불명자 칠팔만, 재기 불능자 20여만, 중환자 40여만 명을 낸 이승만 정권은 소용돌이에 휘말렸다. 그런데 또 거창 양민 학살 사건이 몰아닥쳤다. 거창 학살은 반공을 앞세운 이승만 정권의 무자비성과 군부의 잔혹성을 입증한 사건이었다.

거창 사건에 중대장으로 참여한 양효석에게는 기분 좋은 일이 연거푸 생겼다. 대위 진급에 사단 작전지역에서 전출지를 마음대로 고를 수 있게 되었다. 그는 고향 쪽으로 전출을 희망했다. 그저 막연하게 고향 가까운 곳을 원했는데, 고향인 보성군으로 전출하는 행운을 잡았다.

중대 병력을 이끌고 고향에 진군하는 토벌군 사령관 양효석!

그는 눈을 감고 벌교를 행진하는 자신의 모습을 상상하며 가슴이 두근거렸다. 심재모 계엄사령관의 막강했던 권한이 떠올랐고, 돈벌이에만 급급하다가 억울하게 죽어 간 아버지가 떠올랐고, 자신을 모독했던 송경희가 떠올랐다.

양효석이 벌교에 오기 하루 전에 역 앞마당에 현수막이 내걸렸다. '경 양효석토벌군사령관 환영 축'이었다.

그 현수막이 내걸리면서 양효석의 어머니 된재댁은 하늘로 날아오를 것처럼 기분이 되었다. 반대로 염상구는 사지에 맥이 풀려 딱 죽고 싶은 심정이었다. 된재댁은 자기 아들이 그 높은 사령관이 되어 올 줄은 꿈에도 몰랐고, 염상구는 자기 앞에서 생쥐일 뿐이던 것이 고작 2년 사이에 이렇게 될 줄은 상상도 못했다.

부대가 주둔할 때 그 첫발을 딛는 곳은 행정 중심지여야 했다. 그런데 양효석의 부대는 군청 소재지인 보성을 무시하고 벌교로 직접 왔다. 양효석은 보성 경찰서장 남인태도 벌교로 오도록 지시했다. 남인태는 울화통이 터졌지만 어쩔 수 없이 벌교로 넘어와 플랫폼에 엉거주춤 서 있었다.

기차가 뙈액—뙤, 기적을 울리며 달려왔다. 군수를 비롯한 열댓 명이 줄을 맞추어 섰다. 그들의 얼굴은 다른 사령관들을 맞을 때와는 달리 떫고 쓰고 시고 제각각이었다. 그중에서도 염상구의 얼굴은 구겨질 대로 구겨져 있었다. 청년방위대는 옴짝달싹할 수 없는 양효석의 부하였다.

기차가 멈추고 군인들이 쏟아져 나왔다. 군인들은 가볍게 뛰면서 네 사람씩 줄을 맞추었다. 기관장들과 유지들은 군인들의 그 기민한 동작을 보며 다시 줄을 맞추었다.

"부대에, 차려우왓!"

가볍게 뛰던 군인들이 일제히 멈췄고, 플랫폼에 갑자기 정적이 밀려들었다.

"부대에, 세우워총!"

개머리판이 일제히 땅을 울렸다.

개머리판 울리는 소리를 신호로 삼기라도 한 듯 양효석이 기차에서 내려왔다. 대위 계급장이 유난히 반짝거리는 그의 차림새에는 티끌 하나 없었다. 오른손에는 지휘봉이 들려 있었다. 똑바로 걷는 그의 뒤를 사병 하나가 따르고 있었다.

"사령관님을 향하야, 받들어이총!"

군인들은 일제히 총을 들어 몸의 중앙에 일직선으로 맞추었다. 양효석은 손가락 끝이 파르르 떨리는 힘찬 거수경례로 받들어총에 답례했다.

"부대, 세우워총!"

다시 개머리판들이 땅을 울렸다.

"전원 이상 무!"

구령을 붙이던 선임하사의 보고였다. 보고를 받은 양효석이 돌아서서 기관장과 유지 들이 서 있는 쪽으로 걸음을 옮겼다. 경찰한 사람이 걸어 나와 양효석에게 거수경례를 붙였다.

"사령관님과 장병 일동을 환영합니다. 저는 벌교 경찰서장 권병젭니다. 현지 서장으로서 기관장들과 유지들을 소개하고자 합니다."

권병제는 격식을 갖춰 말했고, 양효석은 경례를 받았다.

"좋소."

양효석의 절도 있는 동작에서는 찬바람이 일었다.

권 서장이 도열한 사람들을 소개했다.

"보성 군수십니다."

"어서 오십시오. 김달숩니다."

첫 번째 남자가 고개를 숙이며 말했다.

"안녕하십니까. 토벌군 사령관 양효석입니다."

양효석이 손을 내밀었다.

"보성 경찰서장이십니다."

"우리 군에 주둔하신 걸 환영합니다. 남인태라고 합니다."

남인태는 절도 있는 거수경례를 올려붙였다.

"양효석입니다. 앞으로 잘해 봅시다."

그런 식으로 인사가 계속되었다.

"좌익척결위원회 위원장이십니다."

"이, 나 최익달이시. 자네가 영판 출세혀 부렀……."

"차렷!"

양효석이 느닷없이 소리를 질렀다. 그 외침에 도열한 사람들이 움찔했다.

"이 영감탱이! 대한민국 육군 대위 토벌군 사령관을 뭐로 보는 거얏! 늙어 빠진 눈구멍에는 계급도 안 보이나!"

양효석은 지휘봉으로 최익달을 겨냥한 채 악을 썼다.

"보이는만요, 보이는구만요."

하얗게 질려 버린 최익달이 더듬거렸다.

"알면서 어디다 대고 자네야, 자네가!"

최익달의 심보가 바로 송경희의 심보와 같다는 것을 아는 까닭에 양효석의 화는 걷잡을 수 없었다.

"다시는 고런 일 없을 것이구만이라."

최익달은 보기 민망할 정도로 굽신거렸다. 양효석의 기를 꺾으려다 오히려 톡톡히 망신을 당한 것이었다.

"당신이 무슨 위원장이라고?"

걸음을 옮기려던 양효석이 물었다.

"예, 벌교·조성지구 좌익척결위원휩니다."

"그건 도대체 무슨 단체요?"

최익달이 머뭇거렸고, 옆에 선 권 서장이 대신 대답했다.

"유지들이 중심이 되어 구성한, 민간인 단체입니다."

"거기서 하는 일이 뭐요? 좌익을 척결하려고 총을 들고 나섰소?"

"아니, 그런 게 아니라……."

권 서장은 뭐라고 설명할 말이 궁색해지고 말았다.

"하는 일 없이 이름만 내건 그따위 단체, 당장 해체하시오. 전시에 혼란만 일으키니까!"

양효석은 최익달을 몰아쳤다. 그 단체를 해산시켜 그가 이런 자리에 끼지 못하게 할 생각이었다.

"예, 알겠습니다."

권 서장의 또렷한 대답이었다. 그도, 아이고 잘했다, 싶은 심정이었다.

몇 사람을 거쳐 맨 끝의 염상구 앞에 이르렀다.

"청년방위대장입니다."

"어여 오시씨요, 사령관님. 반갑구만이라."

염상구는 팔을 넓게 휘둘러 거수경례를 올려붙였다.

"반갑소, 염 대장님. 앞으로 잘 좀 도와주시오."

양효석의 목소리는 다른 사람들을 대할 때와는 달리 부드러웠다.

"잘 받들어 모시겠구만이라."

염상구는 양효석에게 손을 잡힌 채 얼떨결에 대답했다.

염상구는 양효석이 최익달을 다루는 것을 보고 기가 완전히 꺾이고 말았다. 아이고메, 저 자식 사내 노릇 제대로 해 뿌렀네. 모가지에 힘 빼고 죽은 듯이 대허자. 염상구는 눈치 빠르게 생각했던 것이다. 양효석도 가장 신경 쓰이는 존재가 염상구였다. 그가 앞뒤 없이 나오면 어떻게 대처할지가 문제였다. 그런데 그는 야단스럽게 거수경례를 하며 '사령관님'이라고 깍듯이 예의를 차렸던 것이다.

양효석이 앞장선 부대는 역 앞마당으로 나섰다. 모여 있던 사람들이 와아 소리치며 박수를 쳤다. 사람들은 역 앞마당뿐만 아니라, 양조장에서 국민학교에 이르는 길 양쪽에 줄지어 서서 부대에 박수를 보냈다. 그들이 동원된 것임을 쉽게 알 수 있었다.

천점바구는 자신의 소대 병력과 함께 어둠을 헤치고 있었다. 대원은 자신까지 스물이었다. 그중에 여자가 하나 있었다. 외서댁이었다.

"오늘 출동은 돌격전인디요."

출발을 앞두고 천점바구는 그녀에게 따로 말했다.

"또 나이 어린 오빠 노릇 헐라고 그요?"

외서댁이 눈을 흘겼다.

"오늘은 상대가 검은 개가 아니라 기관총에 수류탄으로 무장헌 노란 개란께라."

"내가 기관총에 수류탄 무서웠으면 벌써 하산혔을 것이요."

"참말로 소고집이요이."

"사상이 투철헌께라."

외서댁이 오금을 박으며 짓궂게 웃었다.

천점바구가 위험한 출동에서 외서댁을 빼려고 한 것은 여자이기 때문만이 아니었다. 군당에서 하대치 동지와 맞먹는 무게를 지녔던 강동식 동지의 아내라는 것에 마음이 쓰였다. 그러나 외서댁은 천점바구의 말을 듣지 않았다. 그녀는 무거운 구구식 장총을 들고 어떤 출동에도 몸을 사리지 않았다. 그런 외서댁의 용맹성이 소대원들의 용기를 북돋는다는 걸 잘 알고 있었다. 천점바구는 아직도 외서댁에게 가벼운 카빈총을 구해 주지 못한 게 미안스러웠다.

천점바구는 눈에 익은 산길을 가면서도 신경을 곤두세웠다. 앞을 경계하면서, 걸음이 빨라지지 않도록 신경을 썼다. 앞사람 등에 종이를 한 장씩 붙여 행군 대열을 유지하고 있는 어둠 속에서 자칫 자신의 빠르기로 걸었다가는 대열이 끊길 위험이 있었다. 종이의 빛은 10보 이상 간격이 벌어지면 어둠에 묻히게 마련이었다.

야간 행군에 따르는 위험은 한두 가지가 아니지만, 누군가가 졸다가 대열이 끊기는 것은 적의 기습만큼이나 위험했다. 한 줄로 걷던 대열의 중간에서 어느 한 사람이 졸다가 주저앉으면 그다음 사람들은 그저 휴식인 줄 알고 따라서 주저앉게 마련이었다. 그렇게 되면 대열은 영락없이 반 토막이 나고 만다. 어둠 속에서 그런 식으로 몇십 분이 지나면 앞서 간 대열도, 뒤떨어진 대열도 한동안 서로를 찾기가 어려웠다. 혼란에 빠진 대열이 이리저리 헤매다가 적에게 노출되면 몰살을 면하기 어려웠다. 그 때문에 졸음의 위험은 끝없이 강조되었다. 그러나 여전히 졸면서 걷는 대원은 꽤 많았다. 그것은 사상성의 빈약도, 정신 무장의 해이 때문도 아니었다. 근본적인 원인은 체력의 한계를 넘는 빨치산 투쟁 자체에 있었다. 제대로 먹지도 못하면서 날마다 산을 타고, 야간 투쟁을 해야 하는 생활 속에서 순간순간 졸지 않는 게 오히려 비정상인지도 몰랐다.

　군당 위원장 오판돌과 접선하기로 한 산골짜기가 멀지 않았다. 천점바구는 걸음을 멈추며 몸을 뒤로 돌렸다.

　“휴식, 뒤로 전달.”

　그의 속삭임이 뒤로 전해졌다. 뒤에서 무슨 일이 생겨도 같은 방법으로 ‘앞으로 전달’이 이루어졌다.

　천점바구는 작전에 돌입하기 전에 잠깐이나마 대원들을 휴식

시키는 것을 원칙으로 삼았다. 대원들은 휴식하는 동안 거의 잠을 잤다. 그 짧은 잠은 꿀맛에 댈 것이 아니었고, 몸을 가뿐하게 해 주었다. 대원들은 꼭 거짓말처럼 앉자마자 잠에 빠져들었다. 그러나 천점바구는 소대장을 맡고부터 그 맛있는 잠을 잘 수 없었다. 아무리 눈을 붙이려 해도 잠이 오지 않았다. 천점바구는 비로소 왜 똑같이 활동을 하면서도 간부들이 지치지 않는지 알았다. 책임감이 만들어 내는 힘이었다. 입산 투쟁이 시작되면서 그에게는 여러 개의 별명이 붙었다. '총각 대장', '올빼미', '불가사리'가 그것이었다. 구빨치 시절에 군당에서 붙여 준 '새끼 대장'까지 합하면 넷이나 됐다. 조계산 지구에서 가장 어린 소대장이라 '총각 대장', 밤눈이 유난히 밝아 '올빼미', 사상자를 거의 내지 않아 아마 적의 총탄을 들이마셔 버리는 모양이라고 '불가사리'였다. 염상진 대장처럼 되는 것이 꿈이라서 붙여졌던 '새끼 대장'은 이제 불리지 않았다. 그 별명을 불러 주던 나이 많은 동지들이 구빨치 투쟁을 통해 거의가 죽어 간 탓이었다. 어떤 별명이든 싫지 않았지만, '새끼 대장'이 없어져 버린 것이 그는 못내 아쉬웠다. 그건 죽어 간 동지들에 대한 그리움이었다.

"천 동무야 투쟁 경력으로 치나, 조계산부터 징광산까지 훤허게 꿰는 것으로 보나, 용맹스런 것으로 보나 대대장 아니라 연대장 감도 되지. 근디 동무가 저지른 과오 안 있드라고? 고것

때문에 소대장부터 시작혀야 되겠구만. 당 결정을 접수헐 수 있
을랑가?"

기동대장 하대치가 따로 불러 한 말이었다.

"하먼이라, 지가 저지른 과오 지가 아는디라."

천점바구로서는 소대장이나마 맡겨 주는 당의 결정이 얼마나
고마운지 몰랐다. 당이 특전을 베풀어 석방한 사람을 넷이나 쏘
아 죽인 것은 도저히 살아날 가망이 없는 큰 과오였다. 그런데 당
은 목숨을 구해 주었고, 마침내 소대장직까지 허락한 것이었다.
천점바구는 목숨을 아끼지 않는 열렬한 투쟁으로 당의 은혜에
보답하리라고 다짐했다. 그리고 자신의 능력을 총동원해서 투쟁
에 앞장섰다.

구빨치 투쟁을 통해서 몸에 익힌 전술과 지형지세, 남달리 밝
은 밤눈, 펄펄한 젊은 기운, 새롭게 세운 각오, 소대장으로서의 책
임감, 그런 것들이 한 덩어리로 뭉쳐졌다. 그 결과 그는 전과를 높
이면서도 사상자는 제일 적게 낸, 지구 내의 최강 소대를 탄생시
켰다. 그의 소대 별명은 '철갑 소대'였다. 자기네 소대가 그 명예로
운 별명을 얻는 데 단단히 한몫을 한 대원이 바로 외서댁이었다.

"출발, 뒤로 전달."

천점바구는 옆 대원을 흔들며 속삭였다. 그 속삭임은 다시 입
에서 입을 건너 뒤로 옮겨 갔다.

야산 하나를 돌자 접선 지점이 나타났다. 천점바구는 부대를 정지시켰다. 그리고 혼자 접선 지점 쪽으로 몸을 바짝 낮추고 이동했다. 적에게 정보가 누설되었을지 모를 사태에 대비하는 것이었다. 그는 무덤에 몸을 붙였다. 그리고 무덤가를 더듬어 작은 돌을 주웠다. 저쪽에 보이는 바위를 겨냥해 던졌다. 그리고 숨을 한번 들이켠 다음 두 번째로 던졌다. 곧 저쪽에서 날아온 돌이 무덤가에 떨어졌다. 하나, 둘, 셋! 합해서 다섯, 암호가 확인되었다. 그러나 그는 몸을 일으키지 않았다.

"꼬막, 꼬막!"

저쪽에서 울리는 낮은 소리였다.

"탁주, 탁주!"

천점바구는 비로소 몸을 일으키며 이쪽의 암호를 댔다. 위험을 완전히 없애기 위한 이중 암호였다.

저쪽에서 검은 그림자 둘이 빠르게 이동해 왔다.

"잉, 천 동무 왔구만. 애썼소."

군당 위원장 오판돌이었다.

"야아, 근디 어쩔라고 위원장님이 여기까지 직접 오시고 그러요?"

천점바구의 걱정스런 말이었다.

"내가 시방 뒷전에 앉았을 기분이것소?"

"알겠구만이라. 근디 적정은 어떤게라?"

"병력은 1개 분대고, 석거리재 꼭대기에 진지를 세우고 기관총을 내걸었소. 우리 군당에서 왼쪽 비탈을 올라채면서 공격헐 것잉께, 천 동무는 오른쪽에서 내리까씨요. 그럼 양쪽서 협공당헌 그놈들이 쨀 데는 읍내 쪽뿐이요. 거기에 우리 군당을 반으로 갈라 매복시켰다가 싹 때려잡는 것이요."

"작전은 좋은디, 군당이 너무 위태롭지 않겠는게라? 왼쪽 비탈을 타고 오르면 적허고 정면으로 맞닥뜨리는 것인디, 적이 기관총 쏘고 수류탄 퍼부으면 얼마나 위태롭겄소."

천점바구는 그쪽의 지형을 떠올리며 말했다.

"긍께로 내가 철갑 소대를 부른 것 아니겄소? 우리 군당은 비탈 끝머리에 몸을 숨기고 총질을 헐 것이요. 그럼 적들이 우리 쪽에 대고 넋을 뺄 것이고, 그 틈에 천 동무가 뒤에서 들이치는 것이오. 그리 되면 즈그들이 몰살을 허든지, 뽕빠지게 째든지, 둘 중 하나 아니겄소?"

"고런 이중 작전이면 되았구만요."

"우리 군당은 배치 끝냈응께, 천 동무 소대가 자리 잡으면 시작이오. 갑시다!"

천점바구는 소대를 이끌고 오판돌을 뒤따랐다.

소화와 들목댁을 비롯한 네 사람이 잡혀간 것을 안 오판돌은 눈이 뒤집힐 지경이었다. 거점이 노출되어 소화와 들몰댁을 적의 손에 넘겨준 것은 군당 위원장으로서 변명의 여지가 없는 사업 태만의 과오였다. 게다가 한 여자는 동지의 아이를 임신하고 있었고, 또 한 여자는 동지의 아내였다. 더 미칠 노릇은 어디가 잘못되어 거점이 드러났는지 밝혀지지 않은 점이었다. 군당의 선에도, 다른 거점도 아무 이상이 없었다. 그렇다면 단 하나, 그 세포의 변질이었다. 그러나 그 부부는 자신이 가장 믿는 사람들이었다. 오판돌은 원인을 찾지 못한 채 그 불상사를 조계산 지구에 보고하고 나서, 네 사람의 행방을 추적했다. 그들은 지서를 거쳐 보성경찰서로 넘어가 있었다. 뒤늦게 거점 노출의 원인을 알고 그는 땅을 쳤다. 벌교·보성의 방위대가 면마다 침투해 있는 줄 몰랐던 것이다. 그런데 지구에서 의외의 지시가 내려왔다. '어쩔 수 없는 일이니 투쟁 사업에 전념하라.'는 것이었다. 그렇게 되자 그의 죄책감은 더 커졌고, 자기 손으로 네 사람을 구출해 내지 않고는 견딜 수 없었다. 그는 거점 노출의 원인을 보고하면서 구출 작전으로 보성경찰서를 깔 계획이니 지원을 바란다고 했다. 지구의 회답은 또 의외였다. '성공률 희박하고, 빨치산 투쟁 방법으로 적합지 못함'이었다. 오판돌은 계획을 단념할 수밖에 없었다. 그러는 동안 토벌군이 주둔했고, 석거리재에는 토벌군 진지가 구축되었다. 용감하다고 할 수도 있고, 무모하다고 할 수도 있는 전진 배치였다. 어쨌거나 적이 거기에 배치된 것은 조계산 지구와 유치 지구가 연결되는 가장 중요한 길목을 차단당한 것이었다. 그 진지를 제거하지 않으면 군당은 군당대로 반 고립 상태에 빠지고, 두 지구는 지구대로 위협을 당하게 되어 있었다. 무슨 수를 써서라도 그 진지는 파괴해야 했다. 그는 지체 없이 지구에 보고했다. 지구의 지시는 예상대로였다. '조속히 시행할 것.'

"우리가 총을 쏴 저놈들이 정신 팔 때 내리치씨요. 매복조가 따로 있응께 너무 위태허게 공격허지는 말고."

오판돌의 최종 작전 지시였다.

"야아, 명념허겄구만이라."

천점바구의 대답이었다.

오판돌이 어둠 속으로 사라지자 천점바구는 소대를 4개 조로 나누어 적의 진지를 향해 반원형으로 배치했다. 진지의 분대 병력이 포위 상태의 협공을 받고 끝까지 버티기란 어려운 일이었다.

외서댁은 땅에 엎드린 채 하늘 끝자락에 박힌 새벽별들을 보고 있었다. 입산한 뒤로 수없이 새벽별을 보아 왔다. 언제부턴가 그 별들이 가슴에 담겨 왔다. 남편의 음성으로, 남편의 체온으로, 남편의 마음으로……. 남편은 혁명의 별이 되어 반짝이는 거라고 믿었다. 그녀는 눈길을 돌렸다. 굽이굽이 도는 잿길을 허리에 감은 산이 흘러내리다가 들녘이 펼쳐지는 저 아래 짬이 친정 마을이었다. 친정 마을은 어둠에 묻혀 보이지 않았다. 그녀는 젖비린

내를 물큰 맡았다. "엄니―, 가지 말어." 울음 섞인 외침도 들려왔
다. 딸아이의 냄새와 울부짖음이었다. 그녀는 얼굴을 묻었다. 이
마에 총의 딱딱한 감촉이 부딪쳐 왔다. "니가 미쳤냐. 새끼를 둘
이나 두고 어딜 간다는 것이다냐!" 어머니가 치마를 거머잡으며
소리치고 있었다.

　따당·땅·땅·땅·땅······

　외서댁은 고개를 번쩍 치켜들며 총을 움켜잡았다.

"공격 준빗!"

천점바구의 탄력으로 튕기는 소리였다.

따당탕탕탕탕탕탕……

기관총 소리가 숨 가쁘게 터졌고, 소총 소리가 거기에 휘말리고 있었다.

꽈광!

폭음과 함께 불살들이 어둠을 찢었다. 수류탄이었다.

"공격, 공격!"

방아쇠를 당기며 천점바구가 외쳤다. 외서댁도 방아쇠를 당기며 땅을 박찼다.

기관총 소리와 소총 소리와 수류탄 터지는 소리가 뒤엉클어져 어둠을 흔들어 댔다.

"엎드렷!"

천점바구가 외쳤다. 비탈을 타 내리던 소대원들이 엎어지고 뒤집어지고 했다.

꽈광!

저 앞에서 수류탄이 연거푸 터졌다. 그러나 피해를 입을 만한 거리는 아니었다.

수류탄이 터지는 사이에 기관총 소리가 멎어 있었다. 천점바구는 적들이 진지를 탈출하고 있다는 것을 퍼뜩 깨달았다. 연거푸 터진 수류탄은 위협 투척이었다.

"저기 도망간다! 돌진 사격!"

천점바구는 방아쇠를 당기며 비탈을 내달았다. 진지를 벗어난 그림자들이 비탈을 구르고 있었다. 그들에게 소대가 집중 사격을 가했다. 그쪽에서 비명 소리가 두어 번 울렸다.

천점바구는 적의 진지에 이르렀고, 신작로를 내뛰던 적의 모습은 보이지 않았다.

"천 동무! 우리 생각대로 딱 들어맞았소. 뽕빠지게 삼십육계헌

놈들이야 우리 매복조가 싹 치워 뿔 것잉께.”

신작로를 가로지른 오판돌이 비탈을 타고 오르며 말했다. 그 뒤를 부하들이 따르고 있었다.

“야아, 부대에 무슨 탈 없으신게라?”

천점바구는 이마에 내밴 땀을 손등으로 문지르며 물었다.

“잉, 아무 탈 없소.”

미처 확인해 볼 겨를도 없었으면서 오판돌은 자신 있게 대답했다.

땅, 땅, 땅, 땅…….

총소리가 울려왔다.

“매복조요!”

오판돌의 기쁨에 찬 소리였다.

진지와 주변의 수색이 시작되었고, 매복조 쪽에서 울리던 총소리는 곧 그쳤다.

진지에서 노획한 무기는 기관총과 총알 세 상자, M1 한 자루와 총알 두 상자, 수류탄 두 개였다. 신작로에는 도주하던 두 명이 죽어 있었다. 거기서 M1 두 자루를 노획했다.

“세 놈밖에 못 잡았구만이라.”

매복조가 카빈 한 자루와 M1 두 자루를 내놓았다.

“어허, 분대면 아홉일 것인디, 그러면 반타작 아니라고?”

오판돌은 짭짭 입맛을 다셨다.

"요만허면 섭헐 것 없응께 싸게 뜹시다."

천점바구는 오판돌을 일깨웠다.

기관총과 탄알은 일단 군당이 맡기로 했다. 소총은 지구 네 자루, 군당 두 자루로 나누었다. 천점바구는 외서댁을 생각하며 카빈부터 집었다. 수류탄 두 개로는 적의 진지를 폭파하기로 했다.

그런데 인원 점검을 하고 나서 문제가 생긴 것을 알았다. 군당에서도, 천점바구의 소대에서도 한 명씩이 보이지 않았다. 전원이 흩어져 수색을 시작했다. 군당의 한 대원은 비탈에 쓰러져 죽어 있었다. 그런데 소대원 유동수는 보이지 않았다.

"어여 뜹시다, 알 만헌께."

천점바구의 침통한 말이었다. 그는 유동수가 고의로 부대를 이탈한 것으로 결론지었다. 전선이 다시 멀어지면서 생겨난 현상이었다.

적의 진지에 수류탄이 터졌고, 그들은 삽시간에 어둠 그 어딘가로 사라져 버렸다.

8

다시 삼팔선 전선

심재모는 최전선 대대장으로서 전쟁의 양상을 정확하게 파악하려 노력했다. 하지만 사단에서 내려오는 작전을 분석해 보아도 명확한 결론은 얻어지지 않았다. 삼팔선을 중심으로 모든 전선에서 치열한 전투가 벌어지고 있었다. 남쪽에서 밀어 올리면 북쪽에서는 밀리지 않으려 하고, 북쪽에서 밀어내면 남쪽에서는 밀리지 않으려 하고, 그런 속에서 양쪽의 젊은이들만 숱하게 죽어 가고 있었다. 이미 전쟁 초기에 내건 명분은 다 없어지고, 전쟁은 '땅뺏기' 양상을 보이고 있었다. 그러나 심재모는 그런 말을 입 밖에 낼 수 없었다.

연대 작전참모나 정보참모 같은 사람들의 생각도 자신과 별로 다르지 않다는 것을 그들이 무심코 내놓는 말에서 확인할 수 있었다.

"이러다가 북진 통일은 말로만 하는 것 아닌가요? 미군은 도대체 어쩔 셈일까요? 싸우기 지쳤으면 무기라도 우리한테 넘겨줘야 어찌해 볼 것 아니냔 말요."

"워커가 죽고 리지웨이 장군이 와서 중공군을 이만큼 밀어제친 것도 천만다행이지요. 맥아더 장군도 자기 뜻대로 못하는데, 그 아래인 리지웨이야 더 말할 것이 없지요. 그러니 전쟁이 시원하게 풀릴 수가 없지요."

"트루만 대통령은 좀 곤란해요. 맥아더 장군이 하는 대로 내버려 두지 왜 자꾸 간섭하느냔 말이오."

"미국은 중공과 소련이 힘을 합쳐 전쟁을 일으킬까 봐 염려하는 모양이더군요. 대통령으로서는 그런 걱정을 할 수도 있겠지요."

"형편없는 졸장부로군. 원자폭탄은 뒀다 어디다 쓴단 말이오?"

심재모는 듣기만 하고 그런 말에 끼지 않았다.

미국 대통령 트루먼과 UN군 사령관 맥아더가 의견이 엇갈려 암투를 벌이고 있다는 사실을 고급장교들은 거의 다 알고 있었다. 장교들은 당연히 맥아더 편이었다. 겨울이 지났으니 대대적인 공격을 감행해 압록강·두만강까지 다시 밀어붙이자는 생각이었다. 그런데 트루먼의 반대로 전선은 소강상태에 빠져 소모적인 공방전만 계속되고 있었다. 심재모도 군인인 이상 정치인 트루먼의 편일 수 없었다. 그의 의식 속에는 맥아더가 '위대한 장군'으로 판박혀 있었고, 맥아더의 적극적인 북진 작전을 '역시 영웅다운 생각'으로 지지하고 있었다. 그도 군인의 논리인 싸움의 승리에 집착해 있었다.

심재모의 대대는 오백 고지를 확보한 상태에서 적과 대치해 있었다. 적도 비슷한 높이의 산에 진을 치고 있었다. 그런 상태에서 신경전의 일종인 포사격과 소조의 야간 기습이 나흘째 계속되고 있었다. 그런데 2개 대대를 투입해 최단 시간에 고지를 점령하라는 명령이 떨어졌다.

"오백 고지를 최단 시간에 점령하라니 작전이고 뭐고 있습니까. 그냥 돌격전이지요."

함께 작전에 나선 3대대장의 말이었다.

"포 지원을 충분히 한다니까 양쪽에서 돌격할 수밖에 없지요."

심재모는 고개를 끄덕이는 수밖에 없었다.

9시 정각에 포성이 울리기 시작했다. 적의 고지 3부 능선 부근에 포탄이 터져 올랐다. 심재모는 대대에 진격 명령을 내렸다. 2개 대대 병력은 고지를 향해 직진했다. 산과 산 사이의 별로 넓지 않은 평지는 금방 군인들로 뒤덮였다.

병력의 끝이 평지의 중간쯤을 넘어섰을 때 적진에서 포탄이 날아오기 시작했다. 박격포 탄은 돌진하는 군인들 사이사이에 마구 떨어졌다. 폭음에 비명이 뒤엉키고, 폭풍에 휩싸인 몸뚱이가 붕 떠올랐다가 곤두박질쳤다. 포탄이 터질 때마다 팔이 떨어져 나가고, 배가 터져 창자가 쏟아지고, 허벅지가 너덜너덜 찢겨져 쓰러지는 병사들이 속출했지만 누구 하나 그들을 거들떠보지 않았다. 오히려 군인들의 돌진은 더욱 빨라졌다. 그들에게 내려진 명령은 고지 점령이었고, 그들의 임무는 포탄을 뚫고 오로지 앞으로 나아가는 것뿐이었다.

심재모는 망원경을 옮겨 가며 부하들을 살피고 있었다.

"그쪽은 어때요?"

3대대장이 망원경을 눈에 댄 채 물었다.

"선발대가 지금 막 목표 지점에 접근하고 있군요."

심재모가 망원경을 눈에서 떼지 않고 대답했다.

"우리 대대도 비슷해요. 중대장들을 호출해야겠소."

"그러지요."

두 사람은 망원경을 내리고, 각기 무전병에게 중대 호출을 명령했다. 적진의 박격포 공격은 멎어 있었다. 이쪽의 포탄은 고지의 중턱에 작렬하고 있었다.

"1중대, 수고했다. 전열을 정비하라."

심재모는 중대마다 같은 명령을 내렸다. 조금 있다가 아군의 포

격이 멎었다. 그는 망원경을 눈으로 가져갔다. 군인들이 일제히 산비탈을 기어오르고 있었다.

"어!"

렌즈를 조절하던 그는 깜짝 놀라 막힌 소리를 토했다. 클로즈업된 렌즈 속에서 병사 하나가 벌떡 몸을 일으키더니 핑글 돌아 쓰러지는데, 입이 벌어진 얼굴이 찡그러져 있었다. 그러더니 병사는 이내 렌즈 밖으로 사라져 버렸다. 순간적으로 잡힌 그 병사의 소리 없는 비명이 가슴을 찌르며 들려오는 듯했다.

"뭐죠?"

옆의 3대대장이 놀라 물었다.

"아니, 아무것도 아니오."

심재모는 망원경을 눈에 댄 채 대꾸했다. 그는 충격 때문에 망원경을 뗄 수가 없었다. 그는 눈을 감았다가 떴다. 렌즈에 잡히는 건 마른풀들과 나뭇가지, 그리고 반쯤 열린 꽃송이, 진달래였다.

"뭐, 포 지원이 안 돼? 포대가 딴 고지를 지원하고 있어? 알았어. 노무자들 인솔하고 내가 직접 가겠다."

3대대장이 무전기에 대고 다급하게 소리치고 있었다.

"괴뢰군 놈들 저항이 완강한 모양이오. 포 지원을 못할 형편이니 수류탄이라도 대야겠소."

3대대장의 말에 심재모는 고개를 끄덕였다.

심재모는 무전병에게 중대장들을 불러내게 해서 현장으로 가겠다고 알렸다.

"괴뢰군들이 저 고지를 뺏기면 30리를 밀리게 되니까 악을 부릴 수밖에 없소."

3대대장이 말했다. 심재모는 또 고개만 끄덕였다. 망막에 박힌 그 병사의 마지막 모습이 그때까지도 지워지지 않고 있었다. 30리 전진을 위한 고지 점령과 30리 후퇴를 하지 않으려는 고지 사수,

그것이 많은 젊은이의 목숨과 맞바꿀만 한 의미가 있는 일이냐는 말을 그는 입 밖에 내지 않았다. 북쪽의 '해방전쟁'이란 명분도, 남쪽의 '멸공 통일'이란 명분도 다 사라지고 다시 원점으로 돌아온 것을 확인하면서 이 전쟁에 대한 회의가 갑자기 커지고 있었다.

"갑시다, 노무자들이 도착했소."

3대대장이 몸을 일으켰다. 심재모도 철모를 들고 일어났다. 그의 오른손에는 M1 소총이 들려 있었다.

고지는 다섯 시간에 걸친 격전 끝에 점령되었다. 그러나 희생자는 엄청났다. 대대의 4분의 1의 병력인 120여 명이 죽거나 부상당했다. 3대대의 피해도 비슷했다.

그 많은 희생자를 냈지만 그것으로 끝이 아니었다. 적들은 밤을 이용해 탈환 전투를 감행해 왔다. 조명탄이 끊임없이 터지는 가운데 전투는 치열하게 벌어졌다. 먼동이 터 올 무렵까지 또 다섯 시간을 싸워 가까스로 고지를 지켜 냈다. 산은 시체로 뒤덮이고, 피로 범벅이 되고, 피비린내로 에워싸였다.

수류탄 파편이 박힌 팔을 동여맨 심재모는 안개 자욱한 산골짜기를 바라보고 있었다. 그 안개마저 핏빛으로 보였다. 그는 자신이 치른 전투가 이틀 전인 3월 24일 맥아더가 내린 삼팔선 이북 진격 명령에 따른 것이라는 사실을 아직 모르고 있었다.

"긍께로 내가 억지소리를 허는 것인지 아닌지 조단조단 따져 보자 그것이요."

염상구가 내쏘았다.

"아 글쎄, 안 된다면 안 되는 줄 알지 무슨 말이 그렇게 많아!"

남인태가 눈을 부라리며 내질렀다.

"참말로, 경찰서장이면 다인 줄 아는 모양인디, 이 난리 통에 서장허고 방위대장허고 누가 더 센지 박치기 한번 허고 싶소?"

염상구의 노골적인 야유였다. 남 서장은 당황했다. 저렇게 나오면 망신당하고 손해 볼 사람은 자기밖에 없었다. 그렇다고 갑자기 물러서며 저놈의 요구를 들어줄 수도 없었다. 큰소리 한마디면 꼼짝 못하던 염상구가 태도를 바꾼 것은 청년단이 청년방위대로 바뀌어 준군사 조직이 되었으니 이제 경찰의 통제에서 벗어났다는 뜻이었다. 토벌군이 없다면 또 모르겠는데 토벌군이 주둔하고 있는 이상 염상구의 기를 꺾기는 틀린 일이었다. 그는 체면 상하지 않고 물러설 방법을 생각해 냈다.

"좋아, 토벌대장이 정식으로 요구해 오면 두 여자를 내주겠어. 내 말 알아듣겠나!"

남인태는 입가에 비웃음을 물었다.

"아니, 고것이 무슨 소리요, 시방."

염상구는 당황했다. 다 이긴 싸움인 줄 알았는데 되감기고 만

것이다.

"내 말 끝났어. 더 이상 떠들면 공무 집행 방해야!"

남인태는 돌아앉아 버렸다.

염상구는 울화만 치솟을 뿐 더 할 말을 찾지 못했다.

"요씨, 어디 두고 봅시다. 내가 한번 뽑은 칼에 피 묻히나, 안 묻히나."

염상구는 얼굴만큼 살벌하게 내뱉으며 서장실을 나갔다.

염상구가 보성까지 경찰서장 남인태를 찾아가 요구한 것은 소화와 들몰댁을 자기에게 넘겨 달라는 것이었다. 그 요구는 나름대로 이유가 있었다. 그는 입산 공비들이 학생과 여자 들을 하산시키고 있다는 것을 알았다. 산을 내려온 사람들에게 경찰의 손이 뻗친 것은 물론이었다. 그들이 밝히는 입산과 하산 이유는 대개, 민주 학생 동맹이나 여맹에 가입한 것이 겁이 나서 얼떨결에 피했는데 산에서 더 살 수가 없어서, 남편을 따라 멋모르고 들어갔는데 무서워서, 그런 식이었다. 학생들은 대부분 부모들 덕에 쉽게 풀려났다. 자식을 상급 학교에 보낼 정도의 재력을 가진 부모들이 자식의 생사 앞에서 관권과 금력을 총동원했던 것이다. 가진 것 없는 여자들은 모진 고초를 당해야 했다. 여자들은 고문 조사를 받으며 분류되었고, 분류에 따라 처형되거나 석방되었다. 석방된 여자들에게는 감시가 붙었다. 이웃 사람, 이장, 청년단, 경찰 네 겹의 감시였다. 그러나 염상구가 눈빛을 번뜩인 것은 그렇게 드러나게 하산한 자들이 아니었다. 그는 비밀리에 선을 따라 하산한 자들이 있으리라고 생각했다. 그런 자들이 원래 살던 동네를 피할 것은 당연했다. 그는 부하들을 면마다 파견했고, 그 일이 성공을 거둔 것이 소화와 들몰댁 체포였다.

부하한테 그 사실을 보고받은 염상구는 뛸 듯이 기뻐 "봐라, 내가 뭐라디야! 경찰서장들 싹 몰아내고 내가 그 자리를 차지혀야 된당께로."라며 큰소리쳤다. 그러나 부풀어 오른 기분은 부하의 이어진 말을 따라 점점 바람이 샜다. 벌교 여자 둘이 하필이면 무당과 하대치 마누라였다. 무당이라는 말에 가슴이 뜨끔했는데, 무당이 임신했다는 말을 듣자 '이게 또 무슨 액운이 낄 징조인가!' 하는 불길한 생각이 머리를 치면서, 강동식에게 총 맞은 일까지 퍼뜩 떠올랐다.

강동식에게 총을 맞고 수술실에서 깨어나기 전에 꾼 꿈은 언제 생각해도 소름 끼쳤다. 그날의 지하실이었다. 무당한테서 쏟아지는 피가 지하실 바닥에 번지고 있었다. 피를 피해 발을 자꾸 옮겨 디뎠다. 피는 자신을 쫓아오기라도 하듯 방금 피한 자리를 시뻘겋게 물들였다. 문 쪽으로 뒷걸음질을 쳤다. 피는 더 빨리 번져왔다. 더는 피할 수가 없어 철문을 밀었다. 철문은 끄떡도 하지 않았다. 피가 발끝을 적셨다. 질겁을 하며 어깨로 철문을 떠다밀었다. 철문은 열리지 않고 몸이 뒤로 벌렁 넘어갔다. 비명을 지르며 몸을 일으켰다. 온몸에 피가 맥질되어 있었다. 그런데 갑자기 피가 휘돌면서 마구 불어났다. 발목이 잠기고, 장딴지가 잠기고……. 쓰러져 있던 무당이 피에 젖은 채 일어났다. 그런데 그녀의 입에서 피가 뿜어 나오고 있었다. 피는 거세게 휘돌면서 무릎으로, 허벅지로 차오르고……. "내 아이 살려 내라! 내 아이 살려 내라!" 하며 무당이 다가왔다. 자신은 몸부림치며 소리를 질렀다. "무당님, 무당님, 살려 주시씨요, 잘못했구만이라, 살려 주시씨요." 그러나 그 말은 소리가 되어 나오지 않았다. 가슴이 잠기고, 목이 잠기고……. 발끝을 세우고 턱을 치켜들었다. 그러나 휘도는 피에 머리까지 꼴깍 잠기고 말았다.

꿈을 깨고 나서 '무당헌테 잘못헌 벌로 내가 총을 맞았구나!' 하는 생각이 머리를 쳤다. 그럴 리 없다고 머리를 저었지만 마음과 달리 퇴원할 때까지 똑같은 꿈에 대여섯 차례나 시달려야 했다. 피를 많이 쏟아 몸이 허해지는 바람에 헛생각이 들었다고 자위도 해 보았지만, 그때마다 무당 잘못 건드리면 급살 맞는다는 말이 덮씌워 오고는 했다.

그래서 염상구는 남인태에게 전화를 걸어 자기 부하가 그 네 사람을 잡았으니 그들을 넘기라고 요구했던 것이다.

"지금 무슨 정신 나간 소리야. 누가 잡든, 빨갱이는 다 경찰서로 넘긴다는 것 모르나!"

남인태의 공박이었다. 염상구는 당황하지 않았다. 남인태가 고분고분 넘겨주리라고는 생각하지 않았던 것이다.

"서장님이 그리 말씀허실 줄 알았소. 내 말은, 넷 다 넘기라는 것은 아니고, 벌교 사람인 무당허고 또 한 여자, 둘만 넘기라는 것이오."

염상구는 미리 준비한 말로 남 서장의 앞을 막았다.

"쓸데없는 소리 말고 정신 차려! 공무 집행을 무슨 장바닥 흥정으로 아나."

남인태는 같잖게도 '공무'만 내세웠다. 염상구는 마음이 다급했다.

"가만있으씨요, 가만! 무당이 애를 뱄다면서요?"

"뱄지."

"내가 금세 보성으로 넘어갈 것잉께 그 무당헌테 절대로 매타작 놓지 마씨요이."

"뭐라고? 허, 역시 재주 좋네. 진작 솔직하게 말할 것이지."

"나참, 세상에 쌔고 쌘 것이 여잔디, 내가 재수 없이 무당을 탐낼 것 같으요! 좌우당간 그 무당 매타작혀서 아그 떨쳤다 허면 남 서장님 집안 쫄딱 망헐 것잉께 똑똑히 알아 두씨요이."

"내가 애 밴 여자를 매타작할 만치 악독한 인간으로 보이나."

"어쨌거나 내가 금세 넘어가겠소."

양효석까지 거드름을 피우고 있는 판에 두 여자를 넘겨받아 자신의 공적도 과시하고, 어떻게 적당히 죽음을 면하게 해 줘 마음도 개운하게 하고 싶었다. 그런데 남인태는 맞대면을 하고서도 여전히 말을 들어먹지 않았다. 염상구는 기차를 타고 오며 양효석을 생각했다. 그는 요사이 열이 뻗쳐 있었다. 석거리재 진지를 폭파당하고, 부하들까지 잃은 그는 톡톡히 망신을 당했다. 그가 기세 좋게 석거리재에 진지를 구축할 때, 권 서장도 자신도 고개를 저었다. 그는 사람들에게 자기의 용감함을 보여 주고 싶었겠지만 그건 호랑이 잡자고 쥐덫을 놓은 격이었다. 그는 얼마나 열이 뻗쳤는지 총을 높이 치켜들고 자수해 온 들몰의 유동수를 소화다리로 끌어내 쏘아 죽였다.

"요런 개뼉다구 같은 새끼, 내 부하를 다섯이나 죽이고 자수는 무슨 자수야! 당장 총살시켜!"

유동수는 소화다리로 질질 끌려갔다. 유동수는 살려 달라고 발버둥 쳤다. 얼굴은 눈물범벅이 되었고, 때가 전 누비 솜옷은 흙투성이가 되었다. 소화다리가 가까워지자 유동수는 느닷없이 소리를 질렀다.

"대한민국 만세! 대한민국 만세!"

하지만 군홧발에 옆구리와 배를 마구 걷어차였다.

유동수는 세 명이 갈겨 대는 총을 맞고 다리 아래 뻘밭으로 떨어졌다. 그 총살 장면을 양효석은 다리목에 꼿꼿하게 서서 지켜보았다. 염상구도 그 옆에 끝까지 서 있어야 했다. 저 못난 자식, 입산헌 심보는 뭐고 자수는 또 무슨 넋 빠진 짓거리여! 염상구는 속으로 혀를 찼다.

아직 분이 가라앉지 않은 양효석에게 두 여자를 넘겨받자고 하는 것은 고양이에게 고깃덩이를 던져 주는 격일지도 몰랐다. 두 여자를 데려다 또 총살시켜 버리면 그야말로 긁어 부스럼일 것이었다. 아무리 생각해도 그를 설득할 묘안이 떠오르지 않았다. 그렇다고 남 서장 손아귀에 맡겨 둘 수도 없었다. 남 서장이 처형해 버리면 그만이었다. 두 여자는 자수한 게 아니고 비밀 가옥에서 '후방 투쟁'을 하다가 잡혔던 것이다.

염상구는 묘안이 떠오르지 않은 채 벌교에 도착했다. 그는 대합실을 둘러보고는 차부로 갔다.

"같은 읍내 사람이면 좀 다른 데가 있어야제, 타관 사람이 대장인 것보다 못혀서야 말이 되간디?"

"금메, 자수헌 사람을 그리 쌩짜배기로 죽이다니, 단박에 인심 잃은 짓거리제."

두 여자의 말이었다. 염상구는 그 여자들 뒤에서 걸음을 멈추었다.

"항, 그 무작스런 짓거리를 누가 좋아허간디? 아무도 말을 안 헌께 자기만 인심 돌아선 것 모르고 있었제."

"그리 인심 잃어서 대장 노릇 해 먹어질랑가?"

"인심 잃고 제대로 되는 일이 있드라고?"

"그 대장이 세상 보는 눈이 짧었제. 자수헌 사람을 살려 줬으면 떠받들렸을 것인디."

염상구는, 바로 이거다! 싶어 주먹으로 허공을 치고는 곧바로 양효석을 찾아갔다.

"사령관님, 안녕허신게라?"

염상구는 똑바로 서서 거수경례 붙였다.

"아, 방위대장, 어서 오시오."

양효석이 반가워하며 몸을 일으켰다. 양효석은 고분고분한 염상구에게 신뢰감을 갖고 있었다.

"내가 부탁한 일 어떻게 되고 있나요?"

양효석이 자리를 권하며 물었다.

"야아, 나무꾼으로, 농사꾼으로 변장시켜 내보낸 지 사나흘 됐응께로 곧 정보를 물어 오겄제라."

염상구는 자신 있게 대답했다.

"빨리들 돌아오면 좋겠소. 군당 놈들부터 싹싹 쓸어 없애고 말겠소."

양효석은 선제공격을 당해 피해를 입은 치욕을 씻기 위해 대대적인 작전을 계획하고 있었다.

"그래야제라. 사령관님 부대의 실력을 한번 써먹어 공비들 시체를 역전에 늘편허게 깔아야제라. 그리되면 지금 삐까닥 틀어진 읍민들 인심이 제자리로 돌아오겄제라."

염상구는 슬쩍 말 낚시를 던졌다.

"그게 무슨 소리요? 읍민들 인심이 틀어지다니, 지난번 그 일로 그렇단 말이오?"

양효석은 여지없이 낚싯바늘을 물었다. 양효석 이놈아, 니가 전쟁 덕에 출세혔다만, 나보다는 수가 밑이여! 염상구는 슬슬 낚싯줄 당길 준비를 했다.

"고까짓 일로 무슨 인심이 틀어지고 말고 혀라."

염상구는 느긋하게 말했다.

"그게 아니면 우리 부대가 인심 잃을 일이 뭐가 있단 말이오?"

양효석이 자리를 고쳐 앉았다.

"사령관님 기분이 상허실지 모르는디, 높은 자리에 앉었다 보면 다 겪는 일잉께 화내지 말고 들으씨요이?"

"알았으니, 싸게 말이나 허씨요."

양효석의 급한 성질이 출렁거려 서울말과 고향 말이 뒤섞였다.

"그 자수헌 유동수 죽인 일을 놓고 사람들이 입방아를 찧고 있구만이라."

"아니, 뭐라고 입들을 놀리는 거요?"

양효석의 얼굴이 벌겋게 달아올랐다.

"고향 사람이 사령관으로 왔으면 타관 사람보다 나은 데가 있어야 살맛이 날 것인디, 자수헌 사람도 죽이는 사람 믿고 어찌 살겄냐, 사람 목숨 귀헌지 모르는 사람이 우리헌테도 언제 무슨 일 저지를지 알겄냐, 그렇게 인심 잃고 무슨 일을 헌다는지 모르겄다, 요런 이야기들이구만요."

"어떤 잡것들이 고런 주딩이 까! 싹 다 쳐 죽여 뿔라!"

양효석이 주먹을 내리치며 소리 질렀다.

"근디 사령관님, 화낼 것 하나 없소. 그 인심을 훼까닥 돌릴 기 막힌 방도가 있다 그 말이요."

양효석이 성깔 돋은 눈으로 염상구를 건너다보았다.

염상구는 입술에 침을 발라 가며 네 사람을 잡은 경위와 남인 태와의 의견 대립을 이야기했다.

"그 여자 둘을 사령관님이 벌교로 오게 혀서, 고것들이 잡힌 소 문을 쫘악 내는 것이요. 무당이 아그까지 뺐응께 사령관님이 어 찌 조치헐지 다들 궁금하지 않겠소. 하대치 마누라도 하대치가 원체 유명헌께 궁금해하기야 무당이나 매일반이제라. 읍민들은 그 두 여자를 다 죽일 것으로 생각허지 않겠소. 그때 사령관님이 읍민들 생각을 팍 엎는 것이오. 빨갱이를 그냥 풀어 줄 수는 없 고, 둘 다 여잔 데다가 무당은 아그까지 뺐응께 특별히 용서혀서 총살은 면허게 허고 재판소로 넘긴다, 요런 결정을 허시면, 읍민 들이 위메 우리 사령관님 장허신 거, 우리 사령관님 부처님이신 거, 허면서 인심이 사령관님헌테 찰떡 붙디끼 헐 것 아니겄소? 내 생각이 으쩌요?"

염상구는 제물에 신바람이 나서 손짓 발짓 해 가며 이야기를 마쳤다.

"듣고 보니 그럴듯하오. 고향 땅에서 인심을 잃어 좋을 것 없으니까."

양효석이 고개를 끄덕거렸다.

"하먼이라, 고향에서 인심을 얻어야 출셋길도 훤히 열리제라. 쇠뿔 뽑듯이 당장 일 시작허시씨요."

염상구는 양효석의 뒤를 몰았다.

"그럽시다. 이거 염 대장 덕에 고약한 문젤 해결하게 됐군요. 고맙소."

"무슨 말씀이시다요. 내가 허는 일이 사령관님 높게 받드는 일인디라."

염상구의 공손한 대답이었다.

9

세상을 떠난 김사용

지하실 천장에는 촉수 낮은 알전구 하나가 매달려 있었다. 벽에는 말라붙은 피얼룩이 찍혀 있고, 바닥은 피와 물이 섞여 축축하게 젖어 있었다. 지하실을 가득 채운 그 끈적거리고 는적거리는 냄새는 썩은 피 냄새와 상한 물 냄새와 고문당하면서 쏟은 오물 냄새가 뒤섞인 지하 고문실 특유의 냄새였다.

그 지하실 공중에 한 남자가 매달려 있었다. 알몸인 남자의 팔다리 네 개는 모두 뒤로 모아져 묶인 채 그 동아줄이 천장 쇠고리에 연결되어 있었다. 몸무게 때문에 허리가 활처럼 휜 알몸뚱이는 팔다리와 함께 어설픈 동그라미를 그리고 있었다. 남자의 알몸뚱이에는 빈틈이 없을 정도로 피멍이 잡혀 있었다. 남자는 전혀 움직임이 없었다.

철문 열리는 소리가 쿵 울리며 계급장 없는 군복을 입은 두 남자가 들어섰다.

"옘병헐, 이 드런 냄새가 잘 먹은 속 뒤집네."

한 남자가 트림을 했다.

"하루 이틀 맡은 냄새도 아닌데 뭘 그러나."

다른 남자의 대꾸였다.

"그나저나 저건 어찌 된 걸까?"

처음의 남자가 매달린 사람을 눈짓했다.

"국회의원이라고 깝죽대다가 걸려든 거지. 전시에 왜 군대 문제를 물고 늘어지냔 말야."

"국민방위군 사건에 거창 사건까지 물고 덤비는 걸 보면, 무슨 든든한 빽이라도 있는 건가?"

"있기는 뭐가 있어. 저놈한테 빽이 있다면 빨갱이 빽이 있는 거지."

"그런데 당할 만큼 당하고도 빨갱이가 아니라고 버티니 어쩐 일이야?"

"아니, 미친놈이 미쳤다고 하는 것 봤나? 저 새낀 빨갱이라는 확실한 제보까지 있어."

"그렇긴 해. 변호사질 해 먹을 때부터 삐까닥한 놈이었다니까."

"저게 국회의원이나 되니까 신사적으로 대접하는 거지, 아니면 벌써 돌 매달아 바닷속에 처넣었어."

"자, 또 슬슬 시작해 보세."

두 남자가 의자에서 일어섰다. 한 남자는 턱뼈가 불거진 네모난 얼굴이었고, 다른 남자는 폭이 좁은 깡마른 얼굴이었다.

"우선 찬물 한 바께쓰 퍼붓게."

네모난 얼굴이 소매를 걷으며 말했다.

"그러지. 시원하게 해 드려야지."

깡마른 얼굴이 양동이를 들어 남자의 축 처진 머리통에 물을 왈칵 끼얹었다. 남자의 알몸이 꿈틀 움직였다.

"이봐, 국회의원 나리 안창배, 고개 똑바로 들어."

네모진 얼굴의 차가운 말이었다.

매달린 남자가 머리를 느리게 들었다. 그 동작이 얼마나 힘겨운지 목줄기에 굵은 핏줄이 드러났다.

"다시 묻겠다. 빨갱이 변호사 이덕우와는 언제부터 내통했나!"

네모진 얼굴의 심문이었다.

"선후배일 뿐 내통한 일은……."

안창배의 목소리는 힘겹게 밀려 나왔고, 끝내 말을 다 하지 못하고 간신히 고개를 저었다.

"이 새끼, 국회의원이라도 봐주는 데 한도가 있어. 너 정 까불

면 바다에 처넣어 고기밥이 되게 만들 거야. 재판이라도 받고 싶
거든 좋은 말로 할 때 자백해. 이덕우와 언제부터 내통했나!"

네모진 얼굴이 소리 질렀다.

"아니오, 절대로……."

"닥쳐, 이 개새끼야!"

네모진 얼굴의 주먹이 안창배의 얼굴을 후려쳤다. 안창배의 고
개가 푹 떨구어졌다.

"이 새끼 아직도 매가 모자라. 한바탕 야무지게 돌리게."

네모진 얼굴이 내쏘았다.

"그래, 배 꺼지게 잘됐어. 이 새끼 아주 독종이라니깐."

깡마른 얼굴이 양쪽 손바닥에 침을 튀겨 부비고는 책상 옆에
세워 둔 몽둥이를 집었다. 몽둥이의 절반쯤이 미군용 담요로 감
겨 있었다. 살이 찢어지는 것을 막기 위한 것이었다.

"이 새끼, 빨리 불어!"

깡마른 얼굴이 휘두른 몽둥이가 안창배의 옆구리를 강타했다.
안창배의 알몸이 출렁 흔들리며 비명이 터졌다.

"언제부터 내통했나!"

네모진 얼굴이 외쳤다.

"아니오……."

안창배의 머리통이 도리질을 했다.

"이 새끼, 빨리 불어!"

깡마른 얼굴이 또 몽둥이를 휘둘렀다. 이번에는 몽둥이가 아랫배를 걷어 올렸다.

"어크크크……."

"자백해! 언제부터 내통했나!"

안창배는 가물거리는 의식 속에서 세상을 떠난 이덕우 변호사를 떠올렸다. 이덕우 변호사는 좌익도, 공산주의자도 아니었다. 그는 양심적인 민족주의자일 뿐이었다. 그는 일제 때부터 농민들 편에 서서 변호했고, 해방이 되자 그 태도가 더욱 확실해졌다. 제주도에서 4·3사건이 일어나자 그는 광주 고법으로 넘어오는 사람들의 변호를 도맡다시피 했다. 검찰이 뒤집어씌운 좌익 혐의를 벗기기 위한 그의 외로운 싸움은 지칠 줄 몰랐다. 그는 제주도 사람들을 꽤나 죽음에서 건져 냈지만, 자기가 좌익 혐의를 얻었다. 그 때문에 보도연맹에 밀려들어 갔고, 끝내 예비검속의 총탄에 세상을 떠나고 말았다. 그런데 부산 특무대에서는 그분과 자신의 교분을 꼬투리 잡아 빨갱이로 얽으려 하고 있었다. 하지만 아무리 고문이 혹독해도 빨갱이라고 허위 자백할 수는 없었다. 그건 한번 걸려들면 어떤 수로도 빠져나올 수 없는 올가미였다. 그들이 아무리 잔혹하다 해도 국회의원을 고문해서 죽이지는 못할 것이다. 아니, 설령 죽는다 해도 빨갱이로 몰려 죽느니 고문으로 죽는 게 나았다. 고문에 못 견뎌 허위 자백을 했다가는 국민방위군 사건과 거창 사건의 진상을 밝히려 했던 일이 꼼짝없이 빨갱이 행위로 둔갑하게 되어 있었다. 그건 혼자서만 죽는 누명이 아니라, 그 두 사건의 진상 규명에 나선 다른 의원들까지 한 올가미로 끌어들이는 행위였다. 그들이 자신을 빨갱이로 모는 이유는 국민방위군 사건과 거창 사건의 진상 규명에 나서는 것을 단념시키려는 데 있었다.

안창배가 고초를 겪고 있는 시간에 최익승은 이승만계인 대한국민당의 국회의원 한 명과 낮술을 하고 있었다. 그의 목적은 오로지 국회의원이 되는 것이었다. 그러려면 안창배를 정치적으로 제거하고, 정치판의 실세인 대한국민당과 결속해야 했다. 그는 그 목적을 위해 전선이 천 리 밖으로 밀려났는데도 부산 바닥에 발을 붙이고 있었다. 작년 10월에 정부가 서울로 옮겨 갈 때도 그는 따라가지 않고 부산에 머물렀다. 무슨 선견지명이 있어서가 아니고, 부산에서의 옹골진 돈벌이가 아까웠던 것이다. 그런데 정부가 부산으로 되밀려 오고 말았다. 그렇게 되자 그는 자신이 부산을 떠나지 않은 까닭이 1·4후퇴를 미리 내다봤기 때문이라는 거짓말을 입이 닳도록 선전했다. 그는 전쟁이 완전히 끝나기 전에는 부산을 떠나지 않기로 했다. 부산만큼 돈 벌기 쉽고, 안전한 땅은 어디에도 없었다. 통통선도 한 척 구해 놓았으니 대한민국 땅이 다 빨갱이 손에 넘어간다 해도 자신이 살아날 수 있는 발판 또한 부산이었다.

"국민방위군 사건이니 거창 양민 학살 사건이니 떠들어 대는 빨갱이 국회의원 놈들은 다 총살시켜 버려야 합니다."

최익승은 술기운과 함께 결기를 세웠다.

"당연히 그래야지요. 국부님께서 조용히 하기를 바라시면 신하 된 자들로서 응당 입을 다무는 게 도리인데, 진상 규명을 한다며 단체 행동을 하는 그것들을 어찌 두고만 볼 수 있겠소."

맞은편에 앉은 국회의원의 대꾸였다.

"지당하신 말씀이십니다. 그런 놈들 아니라도 충성을 바칠 사람은 얼마든지 있습니다."

"맞는 말이오. 최 의원님 같은 분들만 있으면 이 나라가 얼마나 잘돼 가겠소."

"아이구, 뭘요……."

최익승은 쑥스러운 듯 머리를 긁적거렸다.

"점심 잘 먹었습니다. 오늘 베풀어 주신 호의, 당에 전하도록 하겠습니다. 다른 약속이 있어서 오늘은 이만……."

"뭐 호의랄 게 있습니까. 다시 기회를 만들어 더 크게 도울 수 있었으면 합니다."

최익승은 밑자리를 까는 것을 잊지 않았다.

"예, 그 마음 고맙습니다. 또 뵙기로 하지요."

두 사람은 몸을 일으켰다. 그들의 얼굴에는 진득한 웃음이 담겨 있었다.

안창배는 끝내 고문을 이겨 내고 나흘 만에 풀려났다. 그러나 국민방위군 사건과 거창 사건에 관심 쓰지 않고, 수사 과정에서 일어난 일을 문제 삼지 않겠다는 서약을 하고서야 풀려날 수 있었다. 그런데 집으로 돌아와 앓아누운 지 닷새 되는 날, 마침내 국회에서 국민방위군 사건이 정식으로 폭로되었다. 그날까지 특무대와 헌병대의 추격을 용케 피해 다니던 거창의 국회의원 신중목이 갑자기 회의장으로 뛰어들어 "의장, 큰 참변이 생겼습니다. 회의를 비공개로 진행해 주시오."라고 긴급동의를 하게 되었다. 곧 방청객을 모두 퇴장시킨 다음 신 의원은 거창군 신원면에서 자행된 양민 학살을 낱낱이 폭로했다.

"요 편지가 가방에서 나온 이상, 니는 당장 총살이여, 총살!"

의자에 몸을 눕히고 앉은 염상구가 종이를 흔들었다.

"아니랑께요. 나는 모르는 일이랑께라."

세일러복을 입은 여학생이 발을 동동 구르며 울부짖었다.

"새살까지 말어! 니년이 빨갱이들하고 내통허지 않았으면 그 편지가 나비라서 가방 속으로 사리살짝 날아들었을 것이냐, 바람잉

께 스리슬쩍 기들었을 것이냐. 누구허고 접선혔는지 싸게 대!"

염상구는 끝말을 느닷없이 고함으로 바꾸며 몸을 벌떡 일으켰다. 그리고 책상을 냅다 걷어찼다.

"워메 엄니!"

여학생이 얼굴을 가리며 주저앉았다.

"윤옥자, 싸게 일어나!"

염상구는 여학생 쪽으로 뚜벅뚜벅 걸음을 옮겼다. 윤옥자가 소스라치며 몸을 일으켰다.

"누구여, 말로 혀서 안 불면 그다음부터는 작신작신 매타작이여. 워쩌, 맛 좀 볼랑가!"

염상구가 윤옥자의 어깨를 덥석 잡았다.

"워메 엄니!"

윤옥자는 화들짝 놀라며 옆 걸음질을 쳤다. 그러나 어깨를 틀어 잡혀 몸은 꼼짝을 하지 않았다.

"누구여, 니가 접선허고 있는 것이!"

염상구가 윤옥자를 노려보며 다그쳤다.

"그런 일 없당께라. 우리 아부지도, 오빠도 빨갱이 손에 죽었는디 내가 미쳤다고 빨갱이질을 허겄소."

"군수 아들놈에 경찰서장 딸년이 빨갱이질 나서는 것 몰러? 요것이 말로는 안 되겄네. 맛 좀 볼 참이여!"

염상구가 윤옥자를 떠밀었다. 그녀는 비척거리며 서너 발짝 뒤로 밀려났다.

"참말로 나 미치겄소. 나 좀 살려 주씨요, 살려 주씨요."

윤옥자는 눈물범벅인 얼굴로 손바닥을 맞비벼 댔다.

염상구는 그런 윤옥자의 모습을 실눈 사이로 보며 담배를 빼 들었다.

"윤옥자, 살고 싶어?"

염상구가 불쑥 내던진 말이었다.

"야아, 살려 주시씨요, 살려만 주시씨요."

윤옥자가 부들부들 떨며 말했다.

"요것이 있는디 무슨 수로 살아날 것이여, 무슨 수로."

염상구가 종이를 집어 흔들었다.

"우리 엄니를 불러 주씨요. 허면 돈을 얼마든지 내게 헐 팅께라."

"하아, 돈?" 염상구는 어깨를 들먹이고는 "부잣집 딸년이라고 돈이면 뭐든 다 되는 줄 아는갑네! 이것아, 정신 차려. 살인죄는 돈으로 면해질지 몰라도 빨갱이죄는 제아무리 많은 돈으로도 안된다 그것이여. 니는 소화다리서 팡이여, 팡!" 하며 잔인스럽게 웃었다. 윤옥자는 얼굴을 가리며 울부짖었다. "살려 주시씨요, 무슨 일이든 다 헐 팅께 살려만 주씨요."

그 순간 염상구의 얼굴이 달라졌다.

"니 시방 무슨 일이든 다 헌다는 말 제정신으로 헌 소리다냐?"

"야아, 시키는 대로 다 헐 팅께 살려만 주시씨요."

윤옥자는 두 손바닥으로 얼굴을 가린 채 고개를 끄덕였다. 그녀는 자신의 가방에서 나온 종이에 대해 해명할 방법이 없었다. 아무리 모르는 일이라고 말해도 그건 거짓말이 될 뿐이었다. 고문을 당하다가 죽을 수도 있다는 공포에 사로잡히면서도 그녀는 어떡하든 살아야 한다는 생각에 사로잡혔다. 그러면서 죽음을 면

할 수 있다면 무엇이든 하기로 작정해 버렸다. 염상구가 얼마 전에 대합실에서 야릇한 눈치를 보이며 접근해 왔던 사실이 무슨 밝은 빛처럼 떠올랐던 것이다. 염상구가 마음에 드는 남자일 리 없었지만, 그녀는 그렇게라도 해서 살아나고 싶었다.

"이, 똑 한 가지 방도가 있기는 있는디, 니가 내 각시 되는 것이여!"

염상구의 입에서 나간 소리였고, 그녀는 고개를 떨구었다. 그런 그녀를 바라보는 염상구의 눈은 점점 가늘어졌고, 야무지게 다문 입술 가장자리로 만족에 찬 냉소가 피어나고 있었다.

"아, 사람이 해결 방도를 내놓았으면 응답이 있어야 헐 것 아니 겠어!"

염상구의 터무니없이 큰 소리에 그녀는 움찔 놀라며 고개를 끄덕였다.

"잉, 잘 생각했어. 이 염상구 권세가 니 하나 살려 낼 수는 있제."

염상구가 가볍게 의자에서 일어나며 말했다.

"근디 지는 학교가 1년 더 남었는디요……."

그녀는 더듬듯 말했다.

"무슨 소리여. 서방 각시가 너무 기울어도 안 좋은께 학교야 여기서 싹 때려치워."

윤옥자는 이런 식으로 살아나야 하나, 하는 생각이 머리를 쳤다. 그러나 아버지와 오빠의 죽음이 밀려들며 그 생각을 덮어 버렸다. 그녀는 이를 맞물며 부르르 떨었다.

다음 날로 염상구가 솥 공장집 사위가 된다는 소문이 읍내 안통을 휘돌았다.

염상구가 손쉽게 목적을 이룬 데 비해 양효석은 고전을 면치 못하고 있었다. 양효석은 벌교에 주둔할 때부터 송경희를 짓밟아 줄 기회를 노리고 있었다.

양효석은 주둔하고 며칠이 지나 길에서 송경희와 마주쳤다.

"안녕허시요, 오랜만이요."

양효석은 먼저 말을 걸었다.

"오랜만이군요."

송경희도 걸음을 멈추었다.

"내가 벌교에 온 걸 어떻게 생각합니까?"

"출세했군요. 하지만 괴뢰군 뒤만 쫓아다니는 군댄 믿지 않아요."

"뭐라구요?"

송경희는 코웃음을 남기고 걸어갔다. 양효석은 이빨을 뿌드득 갈았다.

얼마 뒤, 양효석의 눈에 그녀의 동생 송성일이 걸려들었다. 국민방위군에서 탈주한 송성일이 거지꼴로 돌아온 것이다. 송성일을 군대로 내모는 것은 그녀를 옭아맬 좋은 미끼였다. 양효석은 송성일에게 징집영장을 보내게 했다. 예상대로 미끼를 덥석 물었지만, 송경희가 아니라 그녀의 어머니였다. 송성일의 어머니는 사무실로, 집으로 찾아와 애걸복걸했다. 양효석은 며칠씩 징집 날짜를 연기해 주며 송경희가 나타나기를 기다렸다. 그러나 송경희는 나타나지 않았고, 양효석은 마지막 시한을 정해 송성일의 어머니를 몰아댔다.

그런데 다 된 잔치에 코 빠뜨린다고, 양효석에게 긴급명령이 내려왔다. 부대 이동이었다.

"송성일을 반드시 징집하시오. 건강이 다 회복됐으니까 더 이상 연기해 줄 필요 없소. 그 영장은 어디까지나 내 근무 기간 동안 발부된 거니까 시행 결과를 차후에라도 꼭 확인하겠소."

양효석은 벌교를 떠나기에 앞서 권 서장에게 못을 박았다.

염상진은 선요원을 통해 김범우의 아버지 김사용이 세상을 떠났다는 소식을 들었다.

"결국 그 어른이 세상을 버리셨군……."

염상진이 먼 하늘을 바라보며 중얼거렸다.

두 아들을 보고 싶어 했을 그분의 마지막 외로움이 그의 가슴을 아리게 했다. 김범우는 어디서 무얼 하고 있을까……. 김범우만 임종을 지켰더라도 그분의 마지막 길이 덜 외로웠으리라는 아쉬움이 일었다. 김사용은 일제 치하의 민족 해방 투쟁에 앞장서거나, 해방 후의 사회 개혁 운동에 나서지는 않았지만 그것을 수용하고 따르려는 자세를 갖춘 드문 지주였다. 그는 새로운 나라가 바르게 서기를 바라 짧게나마 건국준비위원회 지부 위원장을 맡기도 했고, 농지개혁을 앞두고는 논밭을 명의변경하거나 강매하는 추잡한 짓을 하지 않은 읍내의 유일한 지주이기도 했다. 혁명의 논리 앞에서 그분의 미온적인 생각은 분명 한계가 있었다. 그러나 지주들이 모두 그분 같기만 했어도 혁명은 쉬웠을 것이고, 피 흘림도 줄일 수 있었을 것이다. 일찍부터 사람을 차별하지 않았고, 마음 깊은 정을 지녔던 그분의 인품에 염상진은 고마움과 함께 어떤 부채감을 느끼고 있었다.

염상진은 김범준에게 긴급선을 띄웠고 다음 날 그가 찾아왔다.

"말씀을 어찌 드려야 할는지……."

염상진은 머리를 조아리며 조의를 표했다.

"뒤늦게 불효가 사무치오. 빨리 소식 대 줘서 고맙소."

김범준은 먼 하늘을 우러른 채 독백처럼 말했다.

"오일장이면, 내일이 출상입니다."

염상진이 나직하게 말했다.

"멀리서나마 마지막 가시는 길은 지켜야 하지 않겠소?"

여전히 하늘을 바라보고 선 김범준의 말이었다.

"그렇지요, 그리 하셔야지요."

염상진이 기다렸다는 듯 대꾸했다.

"출발하기 전에 당의 허락부터 받읍시다."

김범준이 고개를 돌렸다.

"도착하시기 전에 당에 보고해 허락을 받아 놨습니다. 이것부터 받으시지요."

염상진이 종이에 싼 것을 내밀었다.

"이게 뭐요?"

"예, 제가 미리……."

염상진이 어물거렸다. 김범준이 펼친 종이 위에는 삼베로 나비 모양을 접은 상장이 놓여 있었다.

"염 동지! 이리 마음 써 주다니, 고맙소."

김범준의 눈에 물기가 어렸다.

"춘부장 어르신께서는 제 어르신이기도 했습니다."

염상진의 목소리가 떨려 나왔다.

"길이 먼데 어서 출발하시지요. 제가 모시고 가겠습니다."

"그래도 되겠소?"

"예, 허락을 받아 놓았습니다."

"고맙소, 염 동지."

김범준은 염상진이 이끄는 소대 병력의 호위를 받으며 벌교를 향해 강행군했다. 먼발치에서나마 상여 행렬을 보자면 제석산 줄기까지 접근해야 했으므로 위험에 대비해 염상진은 소대 병력을 동원했다.

밤새 산길 70리를 줄기차게 걸어 오금재에서 낙안 뒷산을 감돌아 목표 지점에 가까워졌을 무렵 날이 희번하게 열리고 있었다. 산허리에서는 안개 자욱한 낙안벌이 한눈에 내려다보였다. 부하들을 바위 뒤에서 눈을 붙이게 한 염상진은 눈에 익은 고향 들판을 하염없이 바라보았다. 해방 무렵, 저 넓은 낙안벌의 주인은 서너 사람으로 압축되어 있었다. 만석지기로 불린 그 서너 사람의 기름진 삶을 위해 들마을의 그 수많은 사람들은 황소 같은 삶을 살아야 했다. 그 지주 중의 한 사람이면서, 인간다운 정리를 가졌던 단 한 사람, 김사용이 세상을 떠난 것이다. 일찍부터 큰아들의 활동과 연관되어 논밭을 팔기만 한 데다가, 농지개혁 때도 파렴치한 짓을 하지 않았으니, 그가 남기고 가는 논밭은 얼마 안 될 것이었다.

염상진은 김범준 쪽으로 눈길을 돌렸다. 김범준은 낙안벌을 내려다보고 앉아 있었다. 산허리에 숨어 아버지의 장례 행렬을 기다리는 김범준의 모습. 염상진은 가슴이 막혀 왔다. 김범준의 모습 자체가 더 설명이 필요 없는 이 땅의 수난사였고, 통한의 민족사였다.

햇살이 퍼지면서 낙안벌에 자욱하던 안개도 어느새 자취를 감추었다. 낙안벌을 양쪽으로 꿰뚫고 있는 두 갈래 길이 드러났다. 장례 행렬은 그 두 길 중 낙안 쪽 길로 오게 되어 있었다.

햇발이 햇솜인 듯 보드랍고 포근하게 부풀어 올랐다. 밤길을 걸어온 20여 명은 세상모르고 잠들어 있었다. 10시쯤, 산으로 가려진 길 끝에서 색깔 있는 천이 펄럭이며 나타났다. 만장이었다. 염상진이 몸을 일으켰고, 김범준도 몸을 일으켰다.

색색의 만장들이 산굽이를 돌고 있었다. 30여 개의 긴 만장 행렬 뒤에 상여가 나타났다.

"아버님……."

김범준의 입에서 흘러나온 소리였다. 사람들의 움직임만 멀게 보일 뿐 상엿소리는 들리지 알았다. 상여를 향해 두 손을 모은 김범준이 땅에 엎드렸다. 그의 어깨가 잘게 들먹이고, 그는 오래도록 일어날 줄 몰랐다. 두 번 절을 하고 난 그는 주먹 쥔 손등으로 눈을 문질렀다.

어으허으 어어허야 어얼럴러 어으히야

김범준의 귀에 상엿소리가 들려왔다. 그는 일경에 쫓겨 만주로 떠날 때의 아버지를 보고 있었다.

"애비로서 먼저 권헐 수는 없는 길이로되 니가 택헌 길이니 말리지는 않겄다. 장부로서 나설 만헌 길이다." 아버지의 그 말씀이 얼마나 큰 힘이었는지 모른다. 그 말씀을 가슴에 담고, 압록강을 건넜던 1924년. "인제 니가 나 혼자만의 자식이 아닌데 재산이라고 내 재산이겄느냐." 아버지는 거액의 급전을 내놓았다. 그렇게 압록강을 건넜던 1924년.

어으허으 어어허야 어얼럴러 어으허야

어느덧 큰길을 벗어난 상여가 산자락을 밟고 있었다. 김범준은
손등으로 눈을 문질렀다.
"염 동지, 그만 갑시다."
"예에?"

염상진은 의문스럽게 김범준을 보았다.

"이젠 됐소. 떠나도록 합시다."

김범준의 목소리는 깊이 가라앉아 있었다. 염상진은 하관 절차를 보고 싶어 하지 않는 그의 심정을 헤아렸다.

"네, 가시지요."

염상진은 문득 콧날이 찡 울렸다. "그래, 땅을 빌려 쓰면 사용료는 얼마를 어떤 방법으로 낼 심산인가?" 그분의 말씀과 함께 넉넉한 웃음이 담긴 얼굴이 떠올랐다. 하늘을 보았다. 구름 한 점 없는데 하늘이 흐렸다. 그는 속으로 뇌었다. 어르신, 부디 평안하소서.

10

재귀열이란 돌림병

봄 물결에 실려 진달래꽃이 산등성이를 타올랐다. 비가 한차례씩 스쳐 갈 때마다 풀이란 풀, 나무란 나무는 푸른 기지개를 켜며 일어서고, 햇발은 솜이불인 양 나날이 포근해져 갔다.

"와따메, 요 따뜻헌 햇발 이불 삼아 덮고 한숨 늘어지게 잤으면 쓰겄네."

김복동이 비탈에 비스듬하게 몸을 누인 채 말했다.

"성님 눈에 잠이 따뿍 찼소. 그려도 금세 출발 명령 떨어질 것잉께 잠잘 생각 마씨요."

마삼수가 손에 닿는 진달래꽃을 따서 입에 넣으며 말대꾸를 했다.

"깊이 못 자도 요리 졸면 고단헌 것은 풀리는 법이시. 근디 자네 무슨 짓거리여."

"보면 모르요? 봄 따 먹고 있소."

"거 무슨 생뚱헌 소리여?"

김복동이 졸린 눈으로 마삼수를 보았다.

"아따, 멋대가리 없는 성님허고는 말이 안 통헌께 그냥 졸기나 허씨요."

마삼수는 새로 딴 진달래꽃을 입에 넣으며 눈총을 쏘았다.

"꽃 따 먹으면서 봄 따 먹는다는 생뚱헌 소리 허는 놈이 누구 보고 말이 안 통헌다고 허냐?"

김복동은 졸기도 틀렸다는 듯 윗몸을 세우며 쌈지를 꺼냈다.

"참말로, 성님은 어찌 그리 맘이 돌덩이요. 그 춥던 삼동이 가고 요리 기막히게 좋은 봄이 왔는디, 성님은 맘이 할랑거리면서 꽃도 좀 따 먹어 보고 싶은 생각이 안 드요?"

마삼수는 그렇지 않냐는 듯 김복동을 빤히 보았다.

"내가 이팔청춘 가시넨지 아냐? 봄이 왔다고 맘 할랑거리게. 생각나는 것은 처자식뿐이다."

김복동이 어깨로 한숨을 쉬었다.

"와따, 성님은 헐 생각이 없어서 그런 힘 빠지는 생각을 허고 앉었소. 내가 말 한번 팍 혀 뿔게라?"

마삼수가 쌈지를 거칠게 꺼냈다.

"못헐 소리 뭐 있고, 못 들을 소리 뭐 있간디?"

김복동이 코웃음을 쳤다.

"성님이 허는 생각이 바로 해당적 감상주의고, 가족주의요."

마삼수가 내놓은 말이었다.

"아이고 똑똑타, 우리 삼수. 니가 당원 찜 쪄 먹것다."

김복동이 눈을 휘둥글하게 뜨며 놀랐다.

"학습에서 배운 말 한번 써먹어 봤소. 집 생각허면 기운만 빠지제 얻는 것이 뭐가 있소. 다들 겪는 고생잉게 투쟁이나 힘지게 허자 이 말이오."

"그야 그렇지만 맘이란 것이 어디 생각대로 되는가? 근디 우리가 허는 요 투쟁이라는 것이 잘 풀릴까? 어째 바람기가 쌔꼬롬헌 것이 요상스럽지 않은가?"

김복동이 주위를 살피며 뒷말을 속삭임으로 낮추었다.

"성님, 고런 말 말고 맘 강단지게 먹으씨요. 여자들도 총 들고 나서고, 스무 살 안 된 것들도 총 들고 나선 것 생각허씨요. 허고 우리 세상이 꼭 온다고 철통같이 믿으씨요."

마삼수가 힘주어 말했다.

"자네는 그것이 믿기는가?"

김복동이 의아스러운 얼굴로 마삼수를 보았다.

"믿제라. 아니, 믿을라고 애써야제라."

마삼수의 말에 힘이 더 들어갔다.

"나도 그리 맘이 먹어져야 헐 것인디……."

"성님, 염상진 동무나 안창민 동무 같은 똑똑헌 사람들이 앞날을 얼마나 잘 알면 그 고생을 그리 사서 허겄소. 그 사람들은 편케 살자면 얼마든지 편케 살 사람들 아니겄소?"

"그야 그렇제. 고런 동무들을 생각혀서라도 맘 강단지게 먹어야겄제. 내가 영판 쫌팽이는 쫌팽이시."

"성님이 고런 맘 살짝 들었던 것은 맘 싱숭생숭허게 맹그는 요 봄바람 때문이요. 내가 담배 한 대 말아 줄 팅께 고런 맘 탈탈 털어 뿌시요."

마삼수가 손가락 끝에 침을 묻혀 종이를 접었다.

"근디 어째 뜰 생각을 않고 요리 태평스런고?"

김복동이 지휘관이 있는 쪽으로 고개를 돌렸다.

"해가 설핏해지기를 기다리는 것 아니겄소?"

마삼수가 부싯돌을 치며 대꾸했다.

"그렇제, 우리 대장님이 누군디."

"하면이라, 하대치 대장 동무만 따라나서면 맘이 턱 놓이제라. 내가 저리만 된다면야 원이 없겄소."

"워따 그놈의 원 한번 크시. 하대치 대장님이야 어디 하루 이틀에 저리 됐간디?"

김복동이 몸을 뒤로 벌렁 눕혔다.

"두고 보씨요, 기왕지사 빨치산 된 거 나도 한가락 허고 말 팅께."

마삼수는 볼이 패도록 담배를 빨았다.

풀꾹 풀꾹 푸풀꾹 풀꾹.

어디서인가 풀꾹새가 울고 있었다.

"풀꾹새가 저리 울어 쌓는디, 사람들 배꼽이 등창에 다 붙겄다."

하대치의 눈길이 먼 데를 더듬고 있었다.

"금메요, 후방부 보투도 어려워진 모양이드만이라."

강동기가 말을 거들었다.

"고생이 말로 다 헐 수 없겄제. 우리 도울라, 군경 눈 피헐라, 새 중간에 찡겨서 죽을 맛 아니겄소."

"군경이 자꾸 세게 나온께 투쟁 인민들이나 우리나 곱쟁이로 힘이 들제라."

"그려도 인민들에 비허면 우리가 낫소. 산으로 빠져서 적이나 팡팡 죽잉께."

강동기는 무르춤해졌다. 추위와 배고픔에 시달리면서 목숨을 내걸고 싸우는 것이 그래도 인민들의 고생보다 낫다……. 마음을 그렇게 먹으면 맞는 말이었다. 나는 언제나 저런 당성을 지니게 될까……. 강동기는 어떤 죄스러움으로 고개를 수그렸다. 하 대장의 용맹스러움은 진작 소문이 나 있었지만 그 강단진 마음은 대원들을 놀라게 했다. 하 대장의 아내와 무당이 잡혔다는 소식이 쫙 퍼졌을 때의 일이었다. 그건 보나 마나 총살을 면치 못할 변이었다. 그런데도 하 대장은 얼굴색 하나 변하지 않았다. 다른 때와 똑같이 부하들을 지휘했고, 싸움터에서도 용맹스러웠다. 그러다가 두 사람이 죽음을 면하고 재판소로 넘겨졌다는 소식이 들려왔다. 그 반가운 소식 앞에서도 하 대장은 아무 내색이 없었다. 마치 감정이 없는 사람 같았다. 대원들은 그것이 바로 당성의 힘이라는 사실을 깨닫고 있었다.

하대치는 자신의 기동 연대를 이끌고 작전에 나선 길이었다. 4월로 접어들면서 경찰 병력이 커진 데다 군까지 합세해서 그들은 과감한 공격을 펼쳐 왔다. 그들은 해방구와 가까운 면의 지서에 보루대를 쌓아 놓고, 그곳을 거점 삼아 해방구를 공격하는 작전을 썼다.

조계산 지구는 백아산·백운산·유치 지구의 중간 지점이었다. 그래서 각 지구를 잇는 중요성을 갖는 동시에 양면 공격을 받을 위험도 있었다. 적들은 순천 쪽에서 밀려들 수도 있고, 벌교 쪽에서 밀려들 수도 있었다. 위험이 더 큰 쪽은 대부대가 진을 친 순천이었다. 순천의 적이 조계산 지구를 공격하는 데 가장 중요한 곳이 쌍암면이었다. 하대치는 기동대 병력을 이끌고 바로 쌍암 지

218

서 공격에 나섰다. 지서의 보루대를 폭파해 적들의 기를 꺾는 작전이었다. 다른 지구의 기동대들이 그렇듯 하대치의 기동대도 조계산 지구 최강의 부대였다. 강동기·천점바구가 다 기동대 소속이었다. 그동안 지구의 비무장을 무장으로 바꾸는 데 하대치가 세운 공은 무척 컸다. 그건 말을 바꾸면 경찰이나 청년방위대원을 그만큼 많이 죽였다는 뜻이었다. 그래서 하대치는 경찰과 청년방위대들 사이에 '악질 땅딸보'로 소문나 있었다. 잡히기만 하면 회 쳐 먹는다느니, 포를 떠서 죽인다느니, 온갖 악담을 다 들었다. 그런데 쉬쉬하며 사람들 사이를 오가는 말은 정반대였다. 산길 100리를 한나절에 걷고, 날아가는 참새 똥구멍을 맞힐 만큼 총질을 잘하며, 동에 번쩍 서에 번쩍 하면서 총질을 하면 경찰은 추풍낙엽이라는 것이었다. 하대치는 또 하나의 신비스런 인물이 되어 있었다.

골짜기에 산그늘이 내리는 것을 보고 하대치는 대원들을 집합시켰다.

"에, 조선인민공화국 전남 유격대 조계산 지구 기동대 동무 여러분! 우리 기동대는 오늘 밤에 쌍암 지서허고 보루대를 공격헙니다. 오늘 공격은 지서와 보루대를 차지허자는 것이 아닙니다. 싹 다 뚜둘겨 뿌시면 됩니다. 공격은 3개 조로 나눠서, 정면·왼쪽·오른쪽, 세 방향에서 헙니다. 지서허고 보루대 앞에는 대창 울타리, 바닥에 대창 박아 놓은 구덩이, 또 대창 울타리, 요렇게 3중으로 방어선을 둘러쳤다 헙디다. 정면에서 공격허는 조가 멀찍이 떨어져 총질을 혀서 검은 개들 정신을 뽑는 새에 오른쪽·왼쪽 조가 번갯불 치듯 그 방어선을 돌파허는 것이요. 오늘 작전에서도 인민 해방을 위한 굳센 맘으로 용감허게 싸워 주기 바라겄소. 30리 행군이 남었응께 지금부터 지니고 있는 저녁밥을 먹도록 허겄소."

하대치는 말을 마쳤다. 100여 명의 대원들은 일제히 하늘로 총을 뻗어 올리며 입을 한껏 벌렸다. 입 모양은 무언가를 외치고 있는데 소리는 나지 않았다. 똑같은 동작을 세 번 되풀이했다. 그들이 소리 없이 외치는 소리는, '나가자! 싸우자! 이기자!'였다. 그 외침은 안전지대인 해방구 안에서는 목이 터지도록 외칠수록 좋았지만, 해방구를 벗어나 작전에 들어가면 빈 소리로 외치게 되어 있었다. 박수를 칠 일이 있어도 손바닥이 서로 엇갈리는 '공박수'를 쳤고, 노래를 부를 일이 있어도 입놀림과 손짓만으로 '공노래'를 불렀다. 그래도 그들은 소리를 내는 것처럼 마음을 한 덩어리로 뭉칠 수 있었다.

골짜기에 어스름이 내릴 무렵, 하대치는 부대를 출발시켰다.

대원들의 때 절고 남루한 옷은 각양각색이었고, 총들도 가지각색이었으며, 신발도 구구각색이었다. 그러나 소리 없이 움직이는 행동만은 일사불란했다.

한 시간 남짓 걸어 하대치의 부대는 승주군당 40여 명과 합류했다. 승주군당은 공격보다는 현지 정찰과 길 안내를 목적으로 하고 있었다.

"거기 사정은 으쩌요?"

하대치가 군당 지휘관에게 물었다.

"별 변동이 없구만이라."

"되았소. 검은 개들이 저녁밥 처먹고 자빠져 있을 적에 들이칩시다."

하대치의 낮지만 기운이 서린 말이었다.

"우리 군당은 어찌헐께라?"

"두 조로 나눠 우리 기동대헌테 길만 잡아 주씨요. 위험스런께 공격에 나서지는 마씨요."

"알겄구만이라."

부대는 다시 반시간쯤 어둠을 헤쳐 갔다. 어둠에 묻힌 쌍암면은 몇 개의 불빛으로 그 위치를 알리고 있었다.

"2·3중대는 1중대가 총질을 퍼부으면 방책을 뚫으씨요. 그리고 절대 조심할 것이, 구덩이에 걸친 나무다리를 건너는 것이오. 날은 어둡고, 나무다리는 좁은디, 맘 급혀서 허방 딛고, 뒤에서 밀면 구덩이 바닥에 촘촘히 박힌 대창에 찔려 즉사해 뿌요. 그리

죽는 것은 개밥되는 것만도 못헌께 고런 실수 없게 단도리허씨
요들. 이상."

하대치가 말한 '개밥'이란 군경에게 죽는 것을 가리키는 빨치산
용어였다.

두 중대장이 물러가자 하대치는 1중대에 명령을 내렸다.

"몸 접고 전진."

그 명령은 빠른 속삭임으로 전달되었고, 대열은 천천히 움직이
기 시작했다. 그렇게 밭두렁을 넘고, 밭을 가로지르고, 또 밭두렁
을 넘었다.

하대치는 불빛과의 거리를 눈가늠하며 양쪽에 다시 명령을 내
렸다.

"정지."

명령이 전달되면서 대열이 차례로 멈추었다.

"대열 지키면서 가까운 밭둑에 은폐."

하대치의 명령에 웅크리고 앉았던 그들이 순식간에 자취를 감
추었다.

이윽고 양쪽에서 전진한 부대가 방책에 가까워질 시각이었다.

"사격 준비."

하대치는 명령과 함께 권총을 뽑아 안전장치를 풀었다. 그리고
보루대의 불빛을 향해 팔을 뻗었다.

탕!

총소리가 어둠의 정적을 찢었다. 뒤따라 총소리가 진동했다.

타다다당, 타다다다……

타당 탕탕탕, 탕·탕·탕······

적진에서 기관총과 소총 사격을 동시에 가해 왔다.

쾅! 콰당!

수류탄까지 터졌다. 적의 위치도 모르면서 수류탄을 던지는 것을 보며 하대치는 코웃음을 쳤다.

"소리 지르면서 사격!"

하대치의 명령이 크게 터졌다.

"우와아—"

"와아아—"

엇갈리는 총소리 속에서 함성이 터졌다. 적진에서 던지는 수류탄이 더 많아졌다.

"다음 밭둑까지 전진!"

대원들이 소리 지르며 앞으로 튀어나갔고, 하대치도 앞으로 내달았다.

그때 오른쪽 어둠 속에서 함성이 터지며 총소리가 울렸다. 하대치는 숨을 길게 내쉬었다. 세 겹의 장애물을 뚫었다는 표시였다. 수류탄과 총소리가 뚝 멎었다. 뒤따라 왼쪽에서도 함성이 터지며

총소리가 울렸다. 그쪽도 방책을 뚫은 것이었다.

"사격 중지! 사격 중지! 돌겨억!"

하대치는 목청껏 외치며 앞으로 뛰었다.

그들이 보루대에 도착했을 때 보루대와 지서는 2중대가 장악하고 있었다.

"3중대는 어찌 되았소?"

"달아난 개들을 뒤쫓아갔시요."

인민군 출신의 2중대장 대답이었다.

"너무 멀리 갈 것 없는디."

하대치는 개들을 더 쫓지 말고 돌아오라고 3중대에 연락병을 띄웠다.

횃불에 사방이 밝아졌다. 1중대가 경계를 맡은 가운데 2중대가 지서와 보루대를 수색했다.

"대장 동무, 경찰 하나를 생포혔구만이라."

"생포?"

하대치는 피우던 꽁초를 내던졌다.

"야, 짚북 데미 속에서 찾아냈구만이라."

총상을 입어 왼쪽 다리가 피범벅인 포로가 지서 마당에 쓰러져 있었다. 겁에 질린 포로의 얼굴은 앳돼 보였다.

"몇 살 먹었냐!"

하대치의 위압적인 소리였다.

"스, 스무 살이구만이라."

포로는 부들부들 떨고 있었다.

"경찰질해 먹은 지 몇 년이냐!"

"지는 정식 경찰이 아니고라 의, 의경이구만이라."

"고것, 참말이여!"

"야아, 인제 반년 되았구만요."

"아부지는 뭘 허는디?"

하대치의 목소리가 다소 누그러졌다.

"농사꾼인디요."

"농사가 많어?"

"아니어라, 소작 부치다가 농지개혁으로⋯⋯."

"동무들, 피 안 흐르게 묶어 주씨요."

하대치가 대원들에게 말하자, 서너 명이 앞으로 나섰다.

"다리를 다쳤응께 인제 경찰에 안 끌려 나올 것이여. 다리 나아서 농사 잘 지어 먹고 살어. 알겠어!"

하대치가 포로에게 던진 말이었다.

"하먼이라, 하먼이라. 고맙구만이라."

살아난 것을 알게 된 청년은 윗몸을 일으키고는 고개를 꾸벅거렸다.

일제시대부터 악질로 굴러먹던 경찰은 거의가 안전한 읍이나 군의 본서에 빠져 있고 앞으로 내밀린 것은 해방 후 경찰 투신자나 저런 의경들이 태반이었다.

하대치는 무기와 탄약을 수거하고, 인원 점검을 마쳤다.

"지서를 불 지르고, 보루대를 폭파헌다!"

하대치의 명령에 따라 지서는 불이 붙고, 보루대는 폭발했다. 횃불이 꺼지면서 그들은 어둠 속으로 종적을 감추었다.

김복동은 앞서 걷고 있는 마삼수를 붙들려고 팔을 휘저었다. 머리가 휘둘리고 숨이 막혀 도저히 더는 견딜 수가 없었다. 어제부터 등줄기에 으시시 찬바람이 돌고, 낮에는 더 자주 찬바람이 일면서 자꾸만 잠이 왔다. 몸살이라고 생각하며 이겨 내려 했다. 그런데 시간이 갈수록 몸이 뜨거워졌다. 그러나 싸움판에서는 이를 맞물며 견딜 수밖에 없었다. 다시 행군이 시작되자 열이 더 심해지면서 숨이 가쁘고 다리가 후들거렸다. 그러나 마삼수한테 내색하지 않았다. 자기 한 몸 간수하기도 힘든 야간 행군에서 짐이 될 수 없었다. 그러나 정신이 아득해지고 숨이 막혀 더는 견딜 수가 없었다.

"어이, 삼수……."

김복동은 신음처럼 소리를 흘리며 피그르 쓰러졌다. 뒤따라오던 사람이 김복동에게 걸려 넘어졌다.

"동무, 김 동무! 어디 아프요?"

몸을 일으킨 사람이 야간 행군에서는 있을 수 없는 큰 소리를 내며 김복동을 흔들었다. 그 소리에 놀라 마삼수는 몸을 돌이켰고, 김복동은 아무 반응이 없었다.

"워메, 몸이 불덩이시!"

마삼수의 입에서 나온 소리도 컸다.

뒷줄은 자연히 멈추었고, 앞줄로 "정지, 앞으로 전달!"이 이어졌다. 소대장 강동기가 달려왔다.

"무슨 일이요, 동무."

"소대장이셔? 나 삼순디, 복동이 성님 몸이 불덩이고 정신까지 나가 부렀네."

마삼수의 말은 대원의 입장을 벗어나 있었다.

"이, 삼수냐. 요것이 어찌 된 일이여?"

"나도 잘 모르겄는디."

"뜬금없이 어째 이래 뿌까?"

"지금 생각혀 본께 낮부터 쪼깐 요상혔어. 병든 병아리맹키로 자꾸 졸든 것이."

"어쩔 방도가 없응께 총 맡기고 싸게 들쳐 업어. 내가 교대조를 짤 것잉께."

강동기는 지휘관답게 신속하게 조처했다.

강동기 소대에서만 그런 일이 생긴 게 아니었다. 천점바구 소대에서도 두 사람이 똑같은 증상을 보였고, 또 다른 소대에서도 환자가 나타났다. 그러다 보니 부대 전체의 행군이 느려지면서 그 사실이 하대치에게 보고되었다.

"한꺼번에 고런 일이 벌어지다니……. 무슨 돌림병일랑가……."

어둠 속에서 하대치가 무겁게 중얼거린 말이었다.

하대치의 염려는 맞아 들었다. 다음 날 기동대의 환자는 열댓 명으로 불어났다. 다른 부대에서도 환자들이 퍽퍽 쓰러졌다. 감기나 몸살 기운처럼 시작된 그 병은 하루 이틀 사이에 정신을 잃을 정도로 열이 높아지며 걷잡을 수 없이 퍼져 나갔다. 돌림병이 분명했지만 무슨 병인지는 알 수 없었다. 조계산 지구뿐만 아니라 각 지구마다 그 돌림병이 퍼지고 있다는 것이 선요원들을 통해 확인되었다.

김복동은 환자트로 옮길 새도 없이 사흘 만에 죽고 말았다.

"성님, 성님! 요것이 무슨 일이요, 끝도 못 보고 요것이 무슨 일이요."

숨 끊어진 김복동의 몸을 흔들며 마삼수가 통곡했다. 김복동의 식어 버린 몸을 피해 밖으로 도망 나온 이가 헐어 빠진 옷 위에서 깨알을 흩뿌린 것처럼 꼬물거렸다. 따뜻한 몸에서 생피를 빨며 기생하던 이는 그 사람의 숨이 끊어지면 바로 도망쳐 나오고는 했다. 그래서 겨울철에 죽는 빨치산의 시체는 이로 하얗게 뒤덮이게 마련이었다.

손승호는 등줄기에 으실으실 찬바람이 이는 것을 느끼면서도 설마 했다. 그런데 하룻밤 사이에 병세가 완연했다. 눈앞이 흐릿하고, 입에서 단내가 날 정도로 열이 올랐다. 그 유행 열병이었다. 손승호는 환자 수용소로 떠날 작정을 했다. '환자 발생 즉시 격리 수용'은 도당의 지시였다. 전염병인 이상 그건 당연한 조처였고, 환자들은 먼저 부대장을 찾아가 신고를 하고 환자 수용소로 갔다. 연예대에서도 벌써 두 명이 떠났다. 그 전염병은 아직 원인도 이름도 모른 채 무서운 기세로 퍼지고 있었다. 도당이 할 수 있는 일은 환자의 격리 수용뿐이었다.

손승호는 연예대장을 찾아갔다.

"죄송합니다. 환자 수용소로 가야겠습니다."

손승호는 길게 말하지 않았다.

"아니, 손 동무도 그 병에 걸렸소?" 대장은 놀라서 몸을 일으키더니 "빌어먹을, 어쩌겠소. 힘껏 투병하시오, 손 동무!" 하며 손을 내밀었다.

"저……. 저는 환잡니다."

손승호는 악수하기를 주저했다.

"그게 무슨 소리요. 우리의 동지애가 그까짓 전염병만 못하단 말이오?"

대장은 나무라듯 말하며 손승호의 손을 덥석 잡았다.

"손 동무, 힘내시오. 아무리 무서운 병도 의지로 반은 물리치는 것이오. 우리가 여기서 좌절할 순 없지 않소."

"명심하겠습니다."

손승호는 어지러움 속에서도 고마웠다.

대장의 초막을 나와 얼마 걷지 않았는데 누군가가 앞을 가로막았다.

"손 동무, 이게 무슨 일이에요!"

손승호가 고개를 들었다. 흐린 시야에 박난희의 울상이 된 얼굴이 드러났다. 손승호는 힘겹게 입을 열었다.

"병이 찾아들었소."

"어제까지 말짱하셨는데." 눈이 큰 박난희는 더 울상이 되어 "제가 환자 수용소까지 모셔다 드릴게요." 하며 팔짱을 끼려 했다.

"그게 무슨 소리요, 박 동무 마음대로."

손승호는 뒤로 주춤 물러섰다.

"염려 마세요. 수용소까지 안내하라는 대장 동무의 명령을 받았으니까요."

박난희의 서울 말씨는 야무졌고, '명령'을 받은 게 아니라 '허락'을 받았겠지, 하며 손승호는 비식이 웃었다.

"왜 웃어요, 기분 나쁘게."

박난희는 쏘듯 말하며 손승호의 팔짱을 끼었다. 말투와 달리 그녀의 얼굴도 웃음을 머금었다.

"고맙소, 갑시다."

손승호가 발을 떼어 놓았다.

"제 임무가 손 동무 부축하는 거니까 부담 느끼지 마시고 기대세요. 손 동무가 저한테 기대지 않는 건 당의 지시를 어기는 해당 행위고, 제가 그런 해당 행위를 놔두는 것도 임무 태만을 저지르는 해당 행위니까요. 아시겠어요?"

박난희는 자못 근엄한 목소리를 꾸며 말하고는 쿡쿡 웃었다. 손승호는 단역배우다운 연기고 재치라고 생각했다.

"어찌 감히 위대한 당의 지시를 어겨 해당 행위를 할 수 있겠소."

손승호도 이렇게 말하며 그녀에게 몸을 의지했다. 그동안 부끄러움으로 머뭇거리던 그녀가 과감하게 마음을 열어 다가섰으니, 자신도 마음을 더 크게 열어 그녀의 마음을 감싸 주고 싶었다.

"손 동무는 역시 당명에 충실히 따르는 순결한 전사예요."

박난희가 쾌활하게 말했다. 그 쾌활함이 자신을 위로하려는 것임을 손승호는 알고 있었다.

박난희는 연예대의 가요 보급원이면서 단역배우였다. 그녀는 노래 솜씨가 뛰어났고, 단역배우 노릇은 부족한 인원을 메우기 위한 임시변통 정도였다. 그녀는 서울의 덕성여중 시절부터 민학에 관계해 오다 해방전쟁을 따라 대전을 거쳐 전주까지 파견 나온 문화 선봉대의 일원이었다. 그녀는 목소리를 타고났고, 노래 부르는 일 자체를 즐겁고 행복하게 여겼다. 그녀가 손승호에게 동지 이상의 호감을 보이기 시작한 것은 손승호가 쓴 극본으로 연극을 하고 난 다음부터였다. 손승호는 옛날에 읽었던 희곡을 돌이켜 생각해 가며 난생처음 극본을 만드느라 끙끙댔다. 솥뚜껑을 주인공으로 한 극본이었다. 전사들의 투쟁 의지를 높여야 하는 연극의 목적에 구빨치 솥뚜껑은 안성맞춤이었다. 어찌어찌 극본을 꾸려 연극을 하게 되었다. 그런데 대원들이 하나같이 열렬하게 박수를 치며 환호했다. 도당 위원장 방준표까지 손승호를 따로 불러 격려하고 만족스러워했다.

"많이 아프신가요?"

박난희가 나직하게 물었다.

"참을 만하오."

"그렇지 않을 거예요. 얼마나 견디기 어렵게 아프면 사람들이 그렇게……." 박난희는 문득 말을 멈추더니 "힘내세요. 꼭 이겨 내셔야 해요." 하며 붙들고 있던 손승호의 팔을 힘주어 잡았다.

"그럽시다. 나도 병을 이겨 내고 싶소."

손승호는 가슴이 뭉클해져서 대꾸했다.

환자 수용소는 말이 수용소지 단순히 환자 격리 장소에 불과했다. 크고 작은 바위들이 흩어져 있는 너덜겅 위에 200여 명을 헤아리는 환자들이 널브러져 있었다. 약도 의사도 없는 가운데 그 많은 환자들의 앓는 소리가 음산하게 골짜기를 채우고 있었다.

"남쪽으로 자리를 잡읍시다."

손승호는 어두운 마음으로 말했다.

"남쪽으로요?"

"열이 나서 몸이 추우니까 햇볕이 잘 드는 곳이 좋소."

남쪽으로 널찍한 바위를 골라 자리를 잡았다.

"고맙소, 어서 가 보시오."

손승호는 어지러움 속에서 박난희를 바라보며 웃었다.

"전 어째야 할지 모르겠어요."

박난희가 손으로 입을 가리며 고개를 떨구었다. 그녀의 큰 눈에 눈물이 번졌다.

"박 동무가 할 일은 병을 앓지 않는 거요. 꼭 나아서 갈 테니, 어서 돌아가시오."

"네, 힘내세요, 또 오겠어요."

그녀는 이 말을 남기고 쫓기듯 돌아서서 넘어질 듯 바위들을 밟아 갔다. 그녀가 남긴 말도, 그녀의 위태로운 발걸음도 쏟아지는 눈물이었다.

시간이 지나면서 열이 점점 심해졌다. 손승호는 햇볕 아래 시름시름 졸며 가느다란 신음을 흘리고 있었다. 문득 그는 인기척을 느끼며 눈을 떴다. 눈앞에 박난희가 쪼그리고 앉아 있었다.

"왜 왔소."

손승호는 퉁명스럽게 내쏘았다.

"이거요."

그녀가 무안한 얼굴로 무언가를 내밀었다. 낡은 담요였다.

"반쪽밖에 안 되지만 밤에 덮으세요. 산속이라 밤에 얼마나 쌀쌀하다구요. 그리고 이 물, 목마른 대로 잡수세요. 물만 제대로 마셔도 열을 떨어뜨려 회복에 효과가 있대요."

미군 탄통에 물이 차 있었다. 입이 말랐던 참이라 손승호는 물을 들이켜며 생각했다. 담요와 탄통을 구하려고 얼마나 쏘다녔을까.

"이제 여기 오지 말아요. 왜 그러는지 알겠소?"

손승호는 박난희를 달래듯이 말했다.

"제가 어린앤 줄 아세요? 제 심정은 말예요, 저도 병에 걸려 함께 앓고 싶다구요."

박난희는 말을 끝내자마자 휙 돌아서서 빠르게 바위를 타고 있었다.

"저, 저런……"

손승호는 어이없이 그녀의 뒷모습을 바라보았다.

밤이 되자 기온은 떨어지고, 열은 더 심해져 손승호는 담요 반쪽으로 몸을 감고서도 부들부들 떨었다. 잠을 자려 했지만 열이 심해 잘 수도 없었다. 엇갈리는 의식 속에서 지난 일들을 대중없이 떠올리다가 어느새 잠이 들었다. 눈을 떠 보니 아침 햇살이 어

린잎들 사이사이로 비치고 있었다. 그리고 진달래가 그 맑은 햇살 속에서 봉오리를 열고 있었다. 아…… 감탄하며 숨을 들이켰다. 그러면서 그는 강한 삶의 충동을 느꼈다. 어이없게도 박난희가 기다려졌다. 그는 소변을 보려고 몸을 일으켰다. 몸을 일으키기가 생각보다 어려웠다. 몸을 일으키자 머릿속이 쏟아지는 것처럼 어지러웠다. 바위 모서리를 붙들고 한동안 앉아 있었다. 겨우 일어섰는데 바위가 뒤뚱 흔들려 도로 주저앉고 말았다. 바위가 흔들린 게 아니라 자신의 머리가 흔들린 것이었다. 그는 다시 일어날 자신이 없어서 바위를 붙들어 가며 벌벌 기었다. 그러나 바위들이 걷잡을 수 없이 출렁거려 멀리 갈 수 없었다. 엉거주춤 앉은 자세로 소변을 보고 나자 다소 정신이 드는 것 같았다. 자리로 돌아오면서 보니 어제 거의 정신을 못 차리던 옆 사람이 반듯하게 누워 기척이 없었다. 정신을 가다듬어 그 사람을 들여다보았다. 그는 죽어 있었다. 이가 옷 위를 기고 있었다.

따스한 햇볕에 감싸여 졸고 있는데 박난희가 또 왔다.

"드세요."

그녀가 내민 건 잡곡밥 한 덩이였다. 그는 고개를 저었다. 그러다가 두 손으로 머리를 감쌌다. 고개를 젓는 바람에 머릿속이 휭휭 돌았던 것이다. 그가 고개를 저은 것은 그 밥 덩이를 어떻게 마련했는지 알기 때문이었다. 그녀는 못해도 두 끼를 굶었을 것이다. 4월로 접어들면서 식량 사정은 극도로 악화되었다. 보투도 소용없었다. 인민들도 곡식이 바닥나 굶주리는 계절이었다. 보리가 타작되는 6월까지는 어쩔 도리가 없는 이 땅의 고질적인 춘궁이었다. 투쟁하는 대원들이 끼니를 거르는 형편이었으므로 환자들의 급식이 나쁜 것은 어쩔 수 없는 일이었다.

"왜 그러세요, 먹어야 낫지요."

박난희의 목소리가 간곡했다.

"박 동무를 굶기며 낫고 싶지 않소. 그러다간 박 동무까지 병들게 됩니다. 그리고 난 다른 환자들과 똑같은 조건에서 투병해 일어서는 모습을 나 자신한테도, 박 동무한테도 보이고 싶소."

손승호는 결연하게 말했다.

"손 동무의 그런 자존심은 존중하겠어요. 하지만 기왕 가져온 거니까 이 밥은 나눠 먹도록 해요. 밥 먹었다는 거짓말은 하지 않을 테니까요."

박난희가 그의 어지러운 시야에서 무슨 꽃처럼 웃고 있었다.

"그럽시다, 그럼."

박난희는 더 곱게 웃었다.

손승호는 이를 뿌득뿌득 갈며 고열과 싸웠다. 그러더니 발병 닷새째부터 열이 내리는 듯했다. 그 며칠 사이에도 새 환자들은 연달아 들어왔고, 중환자들은 죽어 갔다. 기본 체력이 약한 사람은 죽고, 강한 사람만 살아남는 극한 상황이었다.

손승호는 마침내 병을 이겨 냈다는 기쁨으로 마음은 곧 하늘을 날 듯한데 몸이 말을 듣지 않았다. 그러나 기를 써서 몸을 일으켜 세웠다. 아무 도움도 줄 수 없는 채 골짜기를 울리는 온갖 신음 소리를 듣고 있는 것 자체가 고통스러웠다.

너덜경을 벗어난 손승호는 나뭇가지를 짚고 허리를 폈다. 눈앞이 흐릿하고 다리가 후들후들 떨렸다. 그러나 몸을 버티며 하늘을 우러렀다. 그리고 중얼거렸다. 혁명은 그대를 부르고, 그대는 혁명을 부르고……. 그대의 이름은 빨치산, 자랑스러운 빨치산…….

한편, 도당은 전남의 모든 지구에 걷잡을 수 없이 퍼지는 전염병을 막기 위해 비상령을 내렸다. 환자가 급증해서 지구마다 절반 가까이 앓아누운 형편이었다.

'위생을 위한 투쟁은 조국을 위한 투쟁이다.' 이런 구호 아래 모든 대원에게 방역 교육을 실시했고, 방역 대책도 마련했다. 방역 대책은 이를 소탕하는 것이었다. 그 전염병은 재귀열이고, 그 병을 퍼뜨리는 게 이나 벼룩·빈대로 밝혀졌다. 약이 없는 상황에서 감염의 주범인 이를 소탕하는 게 급했고, 부대마다 이를 소탕하느라 법석이었다. 그러나 이를 소탕하기란 쉽지 않았다. 한 마리씩 잡아서는 될 일이 아니고, 그렇다고 모닥불에 옷을 쬐인다고 될 일도 아니었다. 이를 소탕할 유일한 방법은 옷을 끓는 물에 삶는 것이었다. 그것도 일제히 해야 효과가 있을 텐데, 그걸 할 만한 솥을 구하는 것부터 문젯거리였다.

그런데 빨치산 지구에는 이상한 소문이 파다하게 퍼져 있었다. 재귀열이란 전염병이 미군 비행기가 뿌린 병균으로 퍼지게 되었다는 것이었다. 미군이 바로 세균전까지 감행하고 있다는 말이었다.

그 소문은 나름의 근거와 논리를 갖추고 있었다. 폭격기가 아닌 정찰기가 이상하게 아주 낮게 떠서 산골짜기를 날아다닌 삼사 일 뒤부터 그 병이 퍼지기 시작했다는 것이다. 그 비행기는 삐라를 뿌리지도, 귀순 방송을 하지도 않으면서 무엇 때문에 산골짜기마다 그렇게 낮게 떠서 날아다녔느냐는 것이었다. 정찰기의 비행은 자주 있었지만, 그런 식의 아슬아슬한 저공비행은 처음 있는 일이었다. 그리고 이나 벼룩·빈대가 옮기는 병이 어째서 그 넓은 지역에서 동시에 발생했느냐는 것이었다. 비행기로 병균을 살포하지 않고서야 전북 산악 지대에서 전남 산악 지대까지 어떻게 일시에 병으로 뒤덮일 수 있느냐는 것이었다. 선요원들을 통해 이가 건너다녔다 해도 그런 시차 없는 발병은 가능한 일이 아니라는 결론이었다. 그 병이 세균전 때문에 생겼다는 또 하나의 증거는 그 치료약인 마파상을 각 지서들이 이미 갖추고 있다는 점이었다. 그런 여러 사실들로 미루어 미군이 세균전을 감행했다는 것을 의심하는 빨치산은 아무도 없었고, 그들은 한층 더 미군을 증오하게 되었다.

치료약을 구하기 위해 각 지구마다 지서를 습격했다. 그 목숨을 건 기습 작전은 별 효과가 없었다. 더러 약을 구해 오기는 했지만, 환자가 워낙 많았다.

재귀열은 고열이 오르는 1주일 정도의 고비를 넘기면 한 1주일 정도는 괜찮다가 다시 열이 오르는 증상을 나타냈다. 그런데 1차 고비를 넘긴 사람들은 체력을 너무 소모해 하나같이 먹을 것을 찾아 혈안이 되었다. 그러나 식량 사정이 악화되어 있는 형편에 그들의 회복을 도울 만한 양식이 있을 리 없었다. 그들은 풀이든, 풀뿌리든, 새순이든, 꽃이든, 닥치는 대로 먹어 치웠다. 며칠씩 고열에 시달려 약해진 내장에 부드러운 음식도 소화가 어려울 텐데, 그 거친 것들을 마구잡이로 먹어 대니 탈이 안 날 수가 없었다. 그때문에 체력이 더 약해지면 2차 열이 어김없이 찾아오고, 해결할 수 없는 악순환이 이어졌다. 1차 고비를 넘긴 사람도 2차 고비를 넘기지 못하고 죽어 갔다.

도당에서는 환자들을 살려 내려고 부심했지만 아무런 해결책도 찾지 못했다. 4월은 도당 간부들을 그지없이 무능한 사람들로 만들 뿐이었다.

5월이 시작될 즈음, 전남도당은 병력의 3할을 잃고 말았다. 재귀열은 한 달 동안 30퍼센트의 막대한 병력 손실을 입히고는 그 기세가 수그러들고 있었다.

환자가 죽는 대로 시체를 파묻었지만, 떠돌다 죽은 시체들 때문에 골짜기마다 까마귀 떼가 음산한 울음을 울어 댔다. 까마귀는 으레 시체의 눈부터 파먹었다. 눈이 빠지고, 얼굴을 알아볼 수 없게 찍히고 헤쳐진 시체들을 산골짜기에서 보는 것은 어려운 일이 아니었다. 시체에 새까맣게 달라붙은 까마귀 떼는 어지간한 인기척에는 끄떡도 하지 않았다.

그 까마귀 떼는 빨치산의 본거지는 지리산이고, 그 정통과 주력은 전남도당이라는 지금까지의 긍지와 자랑이 흔들리게 된 것을 상징하는 듯했다.

11

싸울 수밖에 없는 싸움

'징역 5년에 처한다.'는 판사의 말을 소화와 들몰댁은 헛들은 줄 알았다. 그래서 둘은 한동안 멀뚱하게 판사를 올려다보다가 서로를 마주 보았다. 두 사람은 5년이라는 세월을 따질 겨를도 없이 오로지 살아났다는 감격에 사로잡혔다.

"죽는 것이야 면헐 것잉께 재판이나 잘들 받도록 허씨요."

벌교를 떠나올 때 염상구가 불쑥 내던진 말이었다. 그러나 소화도 들몰댁도 그 말을 믿지 않았다. 두 사람은 재판을 받아 봐야 결국 죽게 되리라는 생각에서 한시도 벗어나지 못했다. 입산 활동까지 한 두 사람이 5년밖에 안 받았다는 것은 기적이었다. 그건 전적으로 염상구 덕이었다. 선심 쓰는 김에 푹 쓰기로 작정한 염상구는 두 사람의 조서를 '단순 동조'로 꾸미게 했던 것이다.

한 번으로 끝나는 재판에서 경찰 조서는 절대적인 영향력을 발휘했다. 부역자가 워낙 많은 데다, 전시라는 특수성까지 겹쳐 검찰에서는 따로 조사하지 않고 경찰 조서에 따라 재판을 했다. 사형과 무기징역이 속출하는 속에서 징역 5년은 무죄나 다름없었다.

그러나 5년의 징역살이가 결코 짧은 세월일 수 없었다. 소화와 들몰댁은 형무소로 넘겨지기를 기다리는 이틀 동안 5년이란 세월이 얼마나 까마득한지 실감하고 있었다.

소화는 한없이 가라앉는 마음으로 부른 배를 어루만졌다. 뱃속의 아이가 두 달 뒤면 세상에 나올 텐데, 5년이라니……. 아이는 어떻게 낳고, 또 어떻게 길러야 한단 말인가. 소화는 서럽고 막막하여 마음 둘 데가 없었다.

들몰댁도 눈망울 초롱초롱한 두 아들이 한사코 눈앞을 가려 시름에 젖어 있었다. 남편이 만들고자 하는 세상이 다시 오면 모르지만, 그렇지 않고서는 5년 세월은 두 아들의 앞길을 망칠 가시울타리였다. 외삼촌 없는 외갓집에 얹혀 세끼 밥 얻어먹기도 어려운 형편에, 학교 다니기를 바랄 수는 없었다. 그 생각만 하면 자꾸만 후회가 깊어졌다. 입산하는 남편을 선뜻 따라나설 때는 일이 이렇게 꼬일 줄 몰랐다. 그저 한두 달 피했다가 세상을 다시 차지하리라 믿었다. 그 믿음은 남편의 말 때문만이 아니고 자신의 가슴에서 우러난 것이기도 했다. 그 믿음은 새 세상을 몸소 겪어 보고 생겨났고, 남편이 하는 일이 옳다는 것을 속 깊이 깨달으면서 더 확실해졌다. 그런데 한두 달로 생각했던 것이 반년이 넘어 버렸고, 징역살이 5년까지 앞두고 보니 두 자식 걱정이 가슴에 얹힌 돌덩이였다.

"들몰댁, 혹여 옥살이하다가 몸을 풀면 어쩌는지 아시오?"

소화의 가느다란 목소리였다.

"고것이…… 지도 잘 모르겠구만이라."

들몰댁은 임신한 죄수가 감옥에서 몸을 풀면 어떻게 하는지 들은 게 없었다.

"아그 밴 여자가 옥살이허는 일이 흔치 않은께라……."

소화가 낮게 중얼거렸다. 감옥에서 아이를 키울 수 없다면, 누구에게 맡겨 키워야 할지 도무지 걱정이 가시지 않았다. 그분의 어머니 낙안댁은 남보다 못한 사람이고……. 이런 생각들이 얽히고설켜 소화는 근심에 파묻혔다.

"너무 속 태우지 마시제라. 아그를 안에서 못 키우게 허면 우리 친정에라도 맡기면 된께라."

들몰댁의 말이었다. 친정 형편이 그러기 어렵지만 당장 소화를 위로할 수 있는 말은 그것뿐이었다.

"말이라도 고맙소, 들몰댁."

소화가 들몰댁의 손을 잡고는 엷게 웃었다. 얼굴에 서린 수심을 다 씻어 내지 못한 그 흐린 웃음기 아래로 드러난 눈 밑 자리의 기미가 그지없이 쓸쓸했다.

소화의 꺼칠한 얼굴을 보며 들몰댁이 낮게 말했다.

"맘 강단지게 먹으씨요. 죽을 고비 넘겼응께 또 견디다 보면 눈 번쩍 뜨이는 세상이 금세 올지도 모릉께라."

"그럽시다, 들몰댁도 아그들 일로 속 썩이지 마씨요. 5년 세월이 길고 짧은 것이야 다 맘먹기에 달렸응께라."

소화의 낮은 목소리였다.

"하먼이라. 아그들이야 무슨 험한 것을 먹든지 크는 법이제라."

들몰댁도 힘주어 말했다. 친정어머니가 있는 한 두 자식이 배곯아 죽을 리는 없었다.

심재모는 결국 춘천의 야전병원으로 후송되었다. 파편상을 입은 팔이 가끔씩 뜨끔거리더니 기어이 상처 부위가 퉁퉁 부어올랐던 것이다.

"파편 제거가 다 안 돼 염증이 생겼습니다. 야전병원에 가서 수술을 받으셔야겠습니다."

사단 의무관의 말이었다.

심재모는 도리 없이 붉은 십자 표지가 붙은 차를 타야 했다. 부상을 당한 뒤에 의무대에서 파편을 빼냈는데 놓친 것이 있는 모양이었다. 그때 본 두 개의 파편은 다시 생각해도 섬뜩했다. 끝이 찢어지고 갈라진 작은 두 개의 쇠붙이는 피범벅인 채 스테인리스 그릇에 놓여 있었다. 그 두 개의 파편이 자신을 노려보고 있는 것 같았다. 너를 죽이지 못해 분하다 하면서. 그 파편들은 심장을 파고들 수도, 눈을 파고들 수도 있었다. 심장을 파고들었으면 즉사했을 것이고, 눈을 파고들었으면 애꾸눈이 되었을 것이다.

심재모는 수술을 받았다. 콩알만 한 파편을 하나 찾아내느라 상처 부위의 살은 밭갈이하듯 파헤쳐졌다.

"이놈이 말썽이었어요."

군의관이 손가락 끝에 든 파편을 심재모의 눈앞에 디밀며 씽긋 웃었다.

"설마 또 숨어 있는 놈은 없겠지요?"

심재모는 얼굴을 찡그린 채 군의관을 보았다.

"염려 안 하셔도 됩니다. 살을 다 파헤쳤으니까요. 그나저나 참을성이 대단하십니다."

"아프긴 했습니다만 어쩌겠습니까. 팔 잘라 내지 않으려면 참아야지요."

심재모는 태연히 말하면서도 찡그린 얼굴은 펴지 못했다. 살 찢어지는 통증이 그대로 남아 있었던 것이다.

"좀 아픈 게 아니었을 겁니다. 곪기 시작하던 참이라 마취가 잘 듣지 않았으니까요. 그런데도 소리 한번 안 지르시니 대단하신 거지요."

군의관은 마치 어린 환자를 칭찬하듯 고개를 끄덕이며 입술에 지그시 웃음을 물었다.

"언제나 퇴원할 수 있겠습니까."

"그 팔을 다시 전쟁용으로 쓰려면 한 달 이상 걸릴 텐데요."

심재모는 그저 고개를 끄덕였다. 오랜만의 휴식을 얻게 된 셈이었다.

병실 침대에는 부상 장교들이 즐비하게 누워 있었다. 잘려 나가지 않은 팔다리에 붕대를 감고 있으면 경상이었고, 머리나 가슴·배에 붕대를 감고 있으면 중상이었다. 온몸에 붕대를 감다시피 한 환자도 있었다. 심재모는 그런 환자들을 보며 자신의 부상을 멋쩍게 생각했다. 병실에는 신음 소리가 그치지 않았다. 심재모는 눕고 싶었지만 그 소리를 계속 듣고 있을 수가 없어서 밖으로 나왔다.

5월의 햇볕은 두꺼웠고, 나뭇잎은 무성했다. 심재모의 눈길이 한 곳에 멎었다. 노랑나비 두 마리가 날개를 팔랑거리며 햇살 속을 날고 있었다. 아, 나비들에게는 전쟁이 없구나! 심재모는 두 마리의 나비를 망연히 바라보았다. 그러고 보면 전쟁은 인간만이 하는 잔인한 놀이였다. 그 새삼스러울 것 없는 사실이 새삼스러운 느낌으로 밀려들었다. 나비는 눈 밖으로 사라지고, 문득 순덕이가 떠올랐다. 그녀는 어디 있을까. 그녀가 생각나기만 하면 줄줄이 이어지는 걱정을 그는 또 되풀이하고 있었다.

그는 풀밭으로 걸음을 옮겼다. 거기 네댓 명의 환자가 둘러앉아 이야기를 하고 있었다. 그들은 자신과 같은 경환자들이거나 회복기의 환자들일 것이었다.

"안녕하십니까, 저는 소령 심재모라고 합니다. 같이 앉아도 되겠습니까?"

심재모는 둘러앉은 환자들에게 먼저 인사했다.

"아니, 소령님……."

환자 하나가 엉거주춤 몸을 일으켰다.

"유 소위, 여긴 어쩐 일인가!"

심재모는 상대방을 금방 알아보고는 그가 이곳에 와 있다는 것에 직감적인 의문을 품었다.

"저 중위로 진급했습니다."

"아, 그런가. 그런데 어째서 여기 와 있는 건가?"

심재모는 추궁하듯 묻고 있었다. 그로서는 남쪽의 훈련소에 있어야 할 자가 이곳에 와 있는 것이 이상했고, 부하를 구타해서 죽인 그의 소행을 지금까지도 용서하지 않고 있었던 것이다.

"예, 사정이 있어서 전방으로 전출했습니다."

유 중위는 심재모의 눈길을 피하며 약간 멋쩍은 웃음을 지었다.

"자원은 아닐 텐데, 또 무슨 사고라도 저질렀나!"

심재모의 더욱 매서워진 눈길이 그를 조이고 있었다.

"아닙니다, 사고는 무슨 사굡니까. 그냥 전출 명령이 떨어진 거지요."

유 중위는 당황하는 기색을 드러냈다. 심재모의 입가에 비웃음이 떠올랐다.

"그래, 어딜 다쳤나?"

심재모는 말을 바꾸었다.

"네, 폐가 좀 나빠서요……."

"폐? 그거 전염병 아닌가."

의외의 대답에 심재모의 얼굴이 어이없다는 듯 변했다.

"예, 그래서 곧 후방으로 후송될 겁니다. 전 열이 나서 그만 들어가 봐야겠습니다."

유 중위가 옆 걸음질 쳤다. 심재모는 후방으로 후송되는 게 아니라 의병제대겠지 하고 생각했다.

"앉으십시오. 저 사람, 부하였습니까?"

목발을 허벅지 위에 걸쳐 놓고 앉은 환자가 심재모를 올려다보았다.

"예, 훈련소에서 같이 있었습니다."

심재모가 자리를 잡으며 대꾸했다.

"저치 저거 순 빽으로 만들어진 나이롱환잡니다."

왼쪽 볼에 긴 흉터를 가진 환자가 내뱉었다. '나일론'이라는 새로운 옷감은 한창 유행이었고, 그것은 '엉터리', '가짜'라는 뜻의 새 말로 퍼져 있었다.

"어디 나이롱환자가 저것 하나뿐인가. 권력층 자식 놈들은 다 나이롱환자 아니면 미꾸라지들이지."

옆구리를 손으로 받친 환자가 쓰게 웃었다.

"빽 있는 놈들은 다 뒷구멍으로 빠지고, 돈 없고 빽 없는 놈들만 최전선에서 퍽퍽 죽어 가고 있으니 이게 도대체 무슨 군대요."

어디가 아픈지 표가 안 나는 사내의 말은 사뭇 거칠었다.

"어허, 군대가 개판인 거야 다 아는 일이고, 그저 전쟁이 어서 끝나기나 바랍시다."

목발을 가진 환자가 공허한 웃음을 지으며 하늘을 쳐다보았다.

"이놈의 전쟁이 언제 끝나겠어요. 괴뢰군, 중공군 놈들은 더 악을 쓰지, 폭탄을 퍼부을수록 경기가 좋아진다는 양키들은 더 신바람 나지, 전쟁이 끝나기는 부지하세월입니다."

어디가 아픈지 표가 안 나는 사내가 신경질적으로 말했다.

"무조건 밀어붙여 온 맥아더 사령관이 해임됐으니 의외로 전쟁이 빨리 끝날 수도 있지요."

옆구리를 손으로 받친 환자가 신중하게 말했다.

"그나저나 삼팔선에서 서로 안 밀리겠다고 으르렁대니 전과는 없고, 생사람만 수없이 죽어 자빠지는 것 아닙니까. 후방에 있는 놈들은 어마어마한 부정을 저지르고, 그러니 다시 총 잡을 기분 납니까."

왼쪽 볼에 흉터를 가진 환자가 고개를 돌려 침을 내뱉었다.

"어떻게, 소령님도 한마디 하시죠."

듣고만 있는 심재모가 신경에 걸리는지 목발을 가진 환자가 말했다.

"예, 제가 따로 할 말이 없군요. 전쟁이 터졌으면 끝나는 날도 있으니까 참고 견딜 수밖에 더 있겠습니까."

부상을 당한 터라 더 비판적일 수밖에 없는 그들의 마음을 헤아리며 심재모는 말을 완곡하게 돌렸다.

심재모는 묵지근한 마음으로 자리를 떴다. 팔에는 아직 통증이 남아 있었고, 몸에서는 열이 느껴졌다. 다시 자리에 눕고 싶었다. 그러나 그 고통스러운 신음 속에서 쉬어질 것 같지 않았다. 그는 여기저기 두리번거리다가 땅에 반쯤 박힌 바위를 찾아내고 그리로 걸어갔다.

그는 바위에 등을 기대고 앉아 눈을 감았다. 햇발이 보드랍고 포근했다. 전쟁 1년─. 지칠 만큼 날마다 시달리며 보낸 세월이었다. 그 소용돌이 속에서 이 정도나마 무사하다는 것이 다행이라면 다행이었다. 전쟁이 끝날 기미는 보이지 않고, 부상당한 장교들은 거의가 지쳐 있었다. 매일이다 싶게 사람이 죽어 가고 다치는 전장의 1년은 평상시의 1년이 아니었다. 그는 시름시름 잠으로 젖어 들고 있었다.

〈9권에 계속〉

주요 인물 소개
소설에 담긴 역사 용어 정리

주요 인물 소개

김범우

지주이면서도 소작인들의 존경을 받는 김사용의 아들이자 독립운동을 위해 만주로 떠난 김범준의 동생. 공산주의자 염상진과 신분의 차이를 넘어 형 동생 사이로 지내기도 했으나, 이념보다는 민족을 중요시하며 좌익과 우익 어느 쪽도 선택하지 않고 교육을 통해 사회 변화를 이끌고자 한다.

김범준

김사용의 큰아들이자 김범우의 형으로, 일제강점기에 독립운동을 하다 행방불명된 인물. 그 용맹한 행적을 기리고 흠모한 많은 사람들은 오랜 시간 그가 돌아오지 않자 만주에서 죽었을 것이라고 짐작한다. 하지만 전쟁이 일어난 후 그는 이전과는 전혀 다른 모습으로 나타난다.

정하섭

술도가 집 정 사장의 아들로 중학 시절부터 좌익 서클을 주도한 인물. 김범우와 염상진 모두와 인연이 있으나 결국 염상진의 이념을 따르게 되고, 그의 추천으로 공산당에 입당한다. 빨치산의 자금 조달 등의 임무를 맡고 있으며, 어린 시절 연모했으나 신분의 차이로 멀어질 수밖에 없었던 무당의 딸 소화와 은밀한 정을 나누게 된다.

하대치

동학 농민 운동에 가담했다가 화전민이 된 집안에서 태어난 소작인 출신 빨치산. 일제강점기에 일본인 지주를 상대로 소작 쟁의를 일으켰다가 징용에 끌려갔다 왔다. 소작회에서 만난 염상진의 사상과 됨됨이에 감화되어 빨치산이 되었다. 기민하고 용감하게 일을 처리하여 동료들의 신임을 받는다.

염상진

벌교, 보성 등지를 근거로 한 빨치산의 투쟁을 총괄하는 대장. 일제강점기에 사범학교를 졸업하고도 일제의 사상을 교육할 수 없다는 신념으로 농사를 지으며 독립운동과 적색 농민 운동을 주도했다. 해방 후 사회주의 운동에 매진하며 공산당원이 되고, 조직을 이끄는 통솔력뿐 아니라 인간적인 면모로 주변의 존경을 받는다.

염상구

염상진의 동생이지만, 형과는 정반대의 길을 걷는 인물. 첫째 아들을 중요하게 여긴 아버지의 의도적인 차별에 불만을 품고 비뚤어진 삶을 살아간다. 일본인 선원을 죽이고 도망쳤다가 해방 후 벌교로 돌아와서는 청년단장 감투를 쓰고 권력에 빌붙어 좌익 행위자 색출과 그 가족들 감시에 열을 올린다.

소화

무당 월녀의 딸로, 내림굿을 받아 무당이 된 비운의 여인. 어릴 적에 비파 두 알을 건네던 소년 정하섭에 대한 애틋한 그리움을 간직하고 살아간다. 빨치산의 신분으로 찾아온 정하섭을 도와주고, 그를 위해 헌신한다.

안창민

대지주의 손자로 염상진과는 사범 학교 선후배 사이. 학창 시절 사회주의를 신봉했지만 졸업 후에는 국민학교 선생이 되어 염상진과는 다른 길을 간다. 하지만 실상은 읍내 지하 조직을 움직이는 보이지 않는 손이었고, 결국에는 붉은 완장을 차고 염상진 무리에 합류한다.

이지숙

셋째 오빠를 통해 사회주의를 접하고 빨치산 세포로 활동하는 인물. 야학 선생으로 위장한 채 빨치산의 지령을 퍼뜨리고, 마을의 일을 은근히 빨치산에게 전하는 일을 한다. 한편으로 안창민에 대한 사랑을 품고 있다.

전명환

벌교에 있는 유일한 병원의 원장. 좌·우익에 상관없이 신념에 따라 병자를 치료한다. 빨치산인 안창민을 치료해 줬다는 이유로 경찰에 붙들려가 고초를 겪기도 하고, 한국전쟁이 일어나서는 우익으로부터 공산주의자로 의심받기도 한다.

서민영

양반이면서 직접 농사를 지으며, 독립운동을 하다 고문을 받아 절름발이가 된 인물. 해방 후 야학을 운영하며 염상진, 안창민, 김범우, 손승호 등에게 사상적으로나 인간적으로 영향을 준다. 약자의 편에 서서 그들을 돕는 일이라면 자신에게 닥칠 고초도 마다하지 않아 읍민들에게 존경을 받는다.

손승호

좌익 활동에 몸담았다가 사상의 변화를 일으키고 전향한 인물. 사회주의를 버렸으나 그렇다고 다른 이념을 선택한 것은 아닌, 사상의 공백 상태에 있다. 보도연맹 가입을 피해 서울로 올라와 친일파 관련 서적을 출판했다가 남로당 프락치로 몰린 뒤로 이전과는 다른 변화를 보인다.

심재모

좌익 척결을 위해 벌교·보성지구 계엄사령관으로 파견된 인물. 학병 출신으로, 평소 지주 노릇이나 친일을 하다 해방 후 지배 계급으로 다시 군림하는 사람들을 경멸한다. 소작인과 지주 사이에서 균형 잡힌 판단을 내리려고 노력하며, 서민영·김범우 등과 우호적인 관계를 유지한다. 하지만 지주들의 이익을 대변하지 않음으로 인해 용공 행위자로 내몰린다.

이학송

신문사 정치부 기자로 김범우, 손승호 등과 교류하는 인물. 한때 사회주의 계열 단체인 문학가동맹에 가입했다는 이유로 빨갱이로 몰려 경찰에 잡혀가 고문을 당하고 강제로 전향서에 도장을 찍게 된다. 이후 공산당 기관지인 《해방일보》로 근무지를 옮긴다.

소설에 담긴 역사 용어 정리

빨치산

1945년 해방 이후부터 1955년까지 활동한 공산주의 비정규군을 일컫는 말이다. 원래 러시아어 파르티잔(partizan)이라는 말에서 유래했는데, 이는 노동자나 농민 들로 조직된 비정규군을 뜻하는 유격대와 가까운 의미이다. 하지만 이념 분쟁 과정을 통하여 좌익 계통을 통틀어 비하하고 적대감을 조성하는 용어로 변하였고, 그 결과 '빨갱이'로 바뀌었다. 흔히 조선 인민 유격대라고 부르며, 남부군이나 공비, 공산 게릴라라는 표현도 사용되었다.

신탁 통치

강대국이 독립할 능력이 없는 나라를 국제 연합(UN)의 감독하에 일정 기간 통치해 주는 특수 통치 제도이다. 1945년 12월 모스크바 3국 외상 회의에서 "한국은 정부 수립 능력이 없으므로 5년간 미·영·중·소 4개국이 신탁 통치한다."라는 내용을 결정하였다. 이로 인해 한반도에서는 신탁 통치 반대 운동이 치열하게 전개되었고, 북쪽에서는 처음에 신탁 통치를 반대하다가 나중에 신탁 통치를 찬성하였다.

서북청년단

1946년 11월 30일 설립한 우익 청년 운동 단체이다. 월남한 이북 각 도별 청년 단체인 대한혁신청년회, 북선(北鮮)청년회, 함북청년회, 황해회 청년부, 양호단, 평안청년회 등이 통합하여 대공 투쟁을 능률적으로 수행하고자 설립하였다. 남한에는 아무 연고도 없는 북쪽 청년들을 적극적으로 포섭해 합숙소에서 공동생활을 시키면서 공산주의에 대한 그들의 적대감을 활용해 좌익 공격에 앞장서게 했다.

제주 4·3 사건

1947년 3월 1일을 기점으로 하여 1948년 4월 3일에 발생한 소요 사태 및 1954년 9월 21일까지 제주도에서 발생한 무력 충돌과 진압 과정에서 주민들이 희생당한 사건이다. 국제 연합에서 남한 단독 선거 결정이 내려지자 남한에서는 단독 정부 수립 반대 운동이 전국적으로 벌어지면서 군경과의 유혈 충돌이 발생하였다. 이때 제주도에서 경찰의 발포가 이어졌고 이에 항의하여 주민들이 총파업을 전개하였다. 이후 미 군정청이 경찰과 우익 단체(서북청년회 등)를 동원하여 무력으로 탄압하였다. 이에 맞서 좌익 세력이 무장 봉기를 일으켰고, 일부 지역에서 5·10 총선거를 무산시켰으며 좌익 세력의 유격전이 전개되었다. 그 결과 군경의 초토화 작전으로 많은 수의 무고한 주민이 희생당하였다.

대동청년단

1947년 9월 21일에 결성된 한국의 청년 운동 단체이다. 상해 임시 정부의 광복군 총사령관을 지낸 지청천(池靑天)이 당시 32개의 청년 단체들을 통합하여 결성한 청년 단체로, 8·15 광복 뒤의 혼란한 시기에 많은 활약을 하였다. 이들은 막강한 조직을 갖추고 반공 및 단독 정부 수립을 주장한 이승만 노선에 협조하였다. 1948년 대한민국 정부 수립 후 이승만의 명령으로 해산하여 대한청년단에 통합되었다.

남한 단독 정부 수립

국제연합 결의에 따라 1948년 5월 10일, 남한만의 단독 총선거가 치러져, 국회의원이 선출되었다. 이들에 의해 헌법이 제정되고(1948년 7월 17일), 간접 선거를 통해 이승만이 대통령으로 선출되었다. 1948년 8월 15일, 이승만이 건국을 공포함으로써 대한민국이 수립되었다. 남한에서 대한민국이 수립되자 북한에서도 최고 인민 회의 대의원을 선출하고(1948년 8월 25일), 이어 북한 헌법을 채택하였다. 1948년 9월 9일, 북한은 헌법에 정한 대로 김일성을 수상으로 하는 조선 민주주의 인민 공화국 수립을 선포하였다.

반민족행위특별조사위원회

1948년 9월 22일, 대한민국 제헌 국회가 친일파를 처벌할 목적으로 특별법인 반민족행위처벌법을 제정하고, 그해 10월 22일에 반민족행위특별조사위원회(약칭 '반민특위')를 설치하였다. 반민 특위는 친일파 선정을 위한 예비 조사 후 7천여 명의 친일파 일람표를 작성하고, 그중 전국적으로 알려진 친일파 중 도피를 꾀하는 자 체포를 우선시하였다. 그러나 친일 세력과 이승만 대통령의 비협조와 방해로 반민특위의 활동은 성과를 거두지 못하였다. 오히려 친일 세력에게 면죄부를 부여하는 결과를 초래하였고, 나아가 이들이 한국의 지배 세력으로 군림하였다.

여수·순천 사건

1948년 10월 19일 전라남도 여수·순천 지역에서 일어난 국방경비대 제14연대 소속 군인들의 반란과 여기에 호응한 좌익 계열 시민들의 봉기가 유혈 진압된 사건이다(약칭 '여순사건'). 당시 여수에 주둔하고 있던 국방경비대 제14연대 소속 군인들이 반란을 일으키며 전라남도 동부 6개 군을 점거하였다. 이에 위기감을 느낀 정부는 대규모 진압군을 파견하여 일주일여 만에 전 지역을 수복하였으나, 그 과정에서 상당한 인명·재산 피해가 발생하였다. 그리고 이 사건을 계기로 정부에서는 '국가보안법' 제정과 강력한 숙군 조치를 단행하게 되었고, 결과적으로 이승만 대통령의 철권통치를 강화하는 계기가 되었다.

농지개혁법

1949년 6월 21일, 북한에서 농지를 무상 몰수하여 농민에게 무상 분배한 농지개혁이 실시됨에 대응하여, 대한민국에서도 농지개혁을 실시하기 위하여 제정된 법률이다. 대한민국은 북한과 같이 무상 몰수와 무상 분배는 허용되지 않아 소유자가 직접 경작하지 않는 농토(소작인이 경작하는 농토)에 한하여 정부가 5년 연부보상(年賦補償)을 조건으로 소유자로부터 유상 취득하여 농민에게 분배해 주고, 농민으로부터 5년 동안에 농산물로써 정부에 연부로 상환하게 하는 이른바 유상 몰수·유상 분배의 농지개혁법을 실시하였다.

국민보도연맹 사건

국민보도연맹(약칭 '보도연맹')은 1949년 4월 좌익 전향자를 계몽·지도하기 위해 조직된 관변단체이다. 하지만 한국전쟁 발발 후 1950년 6월 말부터 9월경까지 수만 명 이상의 국민보도연맹원이 군과 경찰에 의해 살해되었다.

김구 피살

민족의 지도자였던 백범 김구 선생이 1949년 6월 26일 서울 서대문 근처 거처인 경교장에서 육군 소위 안두희가 쏜 총에 피살되었다. 조국 광복을 위해 평생을 바친 73세 노 혁명가는 남한만의 단독 정부 수립에 반대하였으며 한반도 통일 정부 수립을 위해 노력하였다. 장례식은 국민장으로 거행됐으며, 유해는 효창 공원에 안장됐다. 암살자 안두희는 무기징역을 언도받았으나, 한국전쟁 발발과 함께 특사 조치로 석방돼 육군 중령으로 복귀하는 등 배후에 대한 의문은 풀리지 않았다.

한국전쟁

1950년 6월 25일 새벽에 북한 공산군이 남북 군사 분계선이던 38선 전역에 걸쳐 불법 남침함으로써 일어난 전쟁이다. 전쟁 초기 남한이 불리했으나 국제 연합군의 참전으로 10월 말경에는 압록강 지역까지 국토를 회복했다. 그러나 중공군의 개입으로 전쟁은 3년 1개월간 끌었으며, 1953년 지금의 휴전선을 경계로 휴전이 성립되었다.

조정래 대하소설
태백산맥 청소년판 8
초판 1쇄 2016년 11월 8일
초판 3쇄 2020년 12월 30일

원작 | 조정래
엮음 | 조호상
그림 | 김재홍
발행인 | 송영석

발행처 | (株)해남출판사
등록번호 | 제10-229호
등록일자 | 1988년 5월 11일(설립일자 | 1983년 6월 24일)

04042 서울시 마포구 잔다리로 30 해냄빌딩 5·6층
대표전화 | 326-1600 **팩스** | 326-1624
홈페이지 | www.hainaim.com

ISBN 978-89-6574-608-9
ISBN 978-89-6574-611-9(세트)

이 도서의 국립중앙도서관 출판예정도서목록(CIP)은 서지정보유통지원시스템 홈페이지(http://seoji.nl.go.kr)와
국가자료공동목록시스템(http://www.nl.go.kr/kolisnet)에서 이용하실 수 있습니다.(CIP제어번호: CIP2016025426)